Marion Marksmeisje

Annika – Ferien im Swingercamp

Ein sexpositiver Roman

AF235455

Annika steht für einen neuen Typus junger Frauen: Selbstbewusst und unabhängig, haben sie schon früh den Bogen raus, sich frei von Moral und Verpflichtungen ein möglichst großes Stück vom Kuchen namens Leben abzuschneiden. Männern räumen sie darin nicht mehr Platz ein als den von Spielgefährten. Naja, meistens halt …

Begleiten Sie Annika mit ihrer Halbschwester Petra und ihrer Mutter Gudrun auf einen Urlaub in einem Swingercamp an der südfranzösischen Küste. Mit Lars und Frank, den beiden Jungs vom Nachbarzelt, freunden sich die Schwestern ebenso rasch und hemmungslos an wie die Mutter mit Pierre, dem distinguierten Hotelmanager. Als jedoch unverhofft Tarek, der Vater Petras, mit seiner neuen Freundin im Camp auftaucht, gerät die heile, geile Welt ein wenig ins Wanken: Alte Geschichten holen Mutter wie Töchter ein, sie haben einiges damit zu tun, sie wieder ins Lot zu bringen. Und dann ist da noch der eigenwillige Plan Petras, die auf diesen Urlaub mitgefahren ist, obwohl sie verheiratet ist …

Marion erzählt auch diese Geschichte aus der Perspektive Annikas und der anderen beteiligten Frauen.

Annika

Ferien im Swingercamp

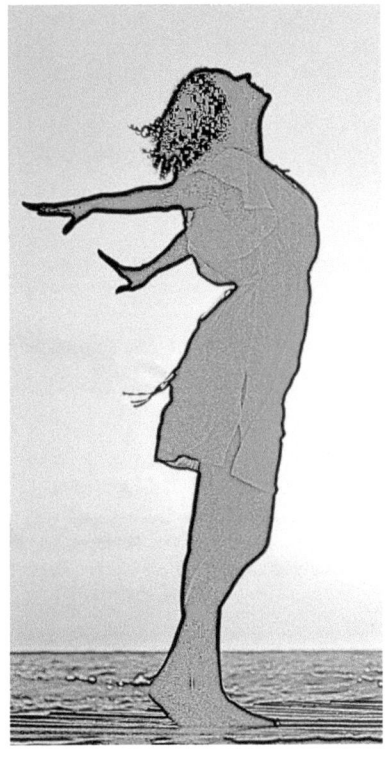

Ein sexpositiver Roman   Marion Marksmeisje

Die Handlungen und Charaktere dieses Buches sind ebenso wie die Autorin frei erfunden. Jede Ähnlichkeit mit realen Personen ist unbeabsichtigt. Alle dargestellten sexuellen Handlungen finden zwischen Personen über 18 Jahren statt.

Bibliographische Information der deutschen Nationalbibliothek:

Die deutsche Nationalbibliothek verzeichnet diese Publikation in der Deutschen Nationalbibliografie; detaillierte bibliografische Daten sind im Internet über http://dnb.dnbde abrufbar.

© 2021 Marion Marksmeisje

Herstellung und Verlag:

BoD – Books on Demand, Norderstedt

ISBN: 9783754345726

Inhalt

Sonntag

Ankunft

„Merde!" Annika trat hart auf die Bremse des alten Kombis und konnte eine Kollision mit dem schwer bepackten Wohnmobil gerade noch vermeiden, das rückwärts aus einer der Parzellen schob, an denen sie gerade auf der Suche nach einem freien Platz vorbeifuhren. „Dann schau halt auf die Straße und nicht nur auf die Männer", kam es ätzend von Petra, die im Beifahrersitz fläzte.

Auf der Rückbank saß Gudrun, die Mutter der beiden jungen Frauen. Alle drei waren schon ein wenig erschöpft von der langen Fahrt, obwohl sie sich am Steuer abgewechselt hatten. Doch trotzdem sie den Samstag gemieden hatten, hatte sich die Anreise aus der Münchner Gegend bis hierher an die Mittelmeerküste des Languedoc hingezogen, wie waren bereits seit 4 Uhr morgens unterwegs.

„Pardon, Madame". Eine ältere Dame kam erschrocken hinter dem Wohnmobil zum Vorschein, sie hatte wohl ihren Mann am Steuer ausgewiesen. „Schon gut, mein Fehler", gab Annika nach einem Blick auf das Nummernschild des Wohnwagens kleinlaut zurück, er war in Dortmund angemeldet. „Aber sagt, ihr seht aus, als ob ihr gerade abreisen würdet. Sieht nach einem guten Platz aus." Die Dame setzte jetzt ein strahlendes Lächeln auf. „Ja, wir brechen gerade auf, und der Platz ist wunderbar. Herrlicher Ausblick, und über die flache Wiese direkt zum Strand. Schaut mal, lang ist hier sicher nicht frei."

Annika, eine schlanke junge Frau von vielleicht 25 Jahren mit strohblondem Haar, das sie für die Fahrt zu einem Pferdeschwanz zusammengebunden hatte, zog die Handbremse und stieg aus dem Wagen. Ihre jüngere Halbschwester Petra, einen kleinen Kopf größer als sie, mit dunklem Teint, rabenschwarzem Haar und deutlich fraulicheren Formen, folgte ihr. Wie sie an der Einfahrt soeben erfahren hatten, hatte man im Camp freie Wahl aus den unbesetzten Stellplätzen. In ihren kurzen Sommerkleidern standen die beiden auf der Parzelle und blickten auf das gleißende Meer, dass sich nach vielleicht 50 Metern Abhang zu ihren Füßen ausbreitete.

Auch die Mutter der Mädchen stieg jetzt aus und gesellte sich zu den beiden. Gudrun, die durch ihre mädchenhafte Figur deutlich jünger wirkte als ihre Mitte 40, hatte ihre ältere Tochter früh bekommen, die ihr wie aus dem Gesicht geschnitten war. Bei Petra hatten sich dann eher die Gene ihres Vaters, eines Franzosen mit marokkanischen Wurzeln, durchgesetzt „Was denkt ihr, schöner wird es nicht mehr", sprach schließlich Annika aus, was alle dachten. „Ja das denken wir doch auch, herzlich willkommen", tönte es da plötzlich von der Nachbarparzelle herüber. Zwei Jungs, vielleicht Mitte zwanzig, saßen so, wie Gott sie geschaffen hatten, vor einem sehr professionell wirkenden Zelt und prosteten den Frauen mit ihren Bieren zu. „Anbrennen lasst ihr beiden wohl nichts", gab Annika zurück und nahm die beiden für Gudruns Geschmack ein wenig zu lang und zu offensichtlich ins Visier „Aber was meinst du, Petra, spricht da nicht noch etwas für diese Parzelle?" Petra sagte gar nichts. Sie war deutlich stiller und schüchterner als ihre Schwester und beneidete sie insgeheim um ihre lockere, aber unaufdringliche Art.

„Tschüss dann", sagte die Dame, die bereits in ihr Wohnmobil kletterte, „habt einen schönen Urlaub." Ihr Mann winkte grüßend vom Fahrersitz, dann waren die beiden auch schon weg. „Na dann aber schnell", meinte Annika und fuhr ihren Wagen rasch auf die Parzelle. Keine Minute zu früh, hinter ihr hatte schon der nächste suchende Wagen gewartet. Die beiden Jungs waren einstweilen näher gekommen, sie hatten es nicht für notwendig gefunden, sich irgend etwas anzuziehen, schließlich war das ein Nudistencamp. Genau genommen ein Swinger-Camp, hier waren nur Personen über 21 zugelassen. „Da schau, Landsleute aus Bayern", grinste der etwas größere der beiden. „Ich bin Lars, das ist mein kleiner Bruder Frank." Er starrte dabei offen und unverschämt Annika an. „Ich bin Annika", gab diese zurück, nahm aber die angebotene Hand nicht. „Und falls es dir entgangen sein sollte, ich bin in Begleitung. Das ist meine Schwester Petra und unsere Mama Gudrun."

„Entschuldigung, ich wollte nicht aufdringlich sein", gab Lars mit einem entwaffnenden Lächeln zurück. „Petra, Gudrun, freut mich, euch kennenzulernen." Er bot aber keine Hand an. „Hallo Lars und Frank", sagten die beiden höflich, aber kühl. „Wie kann ich es wieder gut machen?" Annika war jetzt in ihrem Element. „Als Erstes müssen wir unsere Mama ins Château bringen, sie wird nicht hier mit uns wohnen, sie hat ein Zimmer gebucht. Kannst du uns den Platz hier so lange checken, ich muss wohl mit dem Wagen nochmal wegfahren." „Ihr habt ein Zelt?", fragte Lars zurück. Annika nickte. „Dann kann ich euch was Besseres anbieten. Was, wenn wir beide als Wiedergutmachung eure Bude aufbauen? Das kann ja keine Raketenwissenschaft sein."

Annika schenkte ihm ein breites Lächeln. „Klingt schon viel besser, ja." Das, was die beiden auf ihrer Parzelle aufgebaut hatten, wirkte professionell und Vertrauen erweckend. „Aber wie kriegen wir Mama derweil zum Château?" Lars verschwand kurz im Zelt und kam mit einem Autoschlüssel wieder. „Nimm einfach meinen Wagen", sagte er. Annika sah ihm eine Weile in die Augen, sie konnte ihm wohl vertrauen. „Gut, hier ist mein Schlüssel. Mama, nimmst du deinen Koffer bitte?" Ihre Hände berührten sich, Blicke begegneten einander, alles gerade um diese Zehntelsekunde zu lang, als dass es hätte unverfänglich sein können. Annika schauderte.

Gudrun schmunzelte in sich hinein. Auch wenn sie hier manches als stillos und zu schnell empfand, bewunderte sie ihre Ältere für ihre selbstbewusste und doch so natürliche Art. Und sie freute sich, dass ihre Mädchen so rasch so netten Anschluss gefunden hatten. Sie ging also zum Wagen und nahm ihren Koffer heraus. „Fertig", sagte sie einfach, und in Richtung der jungen Männer: „Ihr beiden wisst wohl, was ihr tut. Mein Kreuz ist nicht mehr dafür geeignet, hier auf dem Boden herumzuturnen, aber ich komme meine Mädels morgen besuchen, enttäuscht mich nicht", setzte sie noch nach. „Geht klar, Madame", kam es von den beiden, die sich jetzt doch Shorts übergezogen hatten und sich bereits an den Zelttaschen in Annikas Kombi zu schaffen machten.

„Bleibst du hier oder kommst du mit, Petra?", fragte sie, da diese den beiden Jungs verträumt zusah und keine Anstalten machte, ihnen zu folgen. „Ja, ja, ich komme schon." Annika startete den ratternden Diesel der beiden Jungs, bald hatte sie den Bogen raus, und die drei Frauen fuhren Richtung Château.

Im Château

„Bienvenue Madame." Ein älterer, distinguierter Herr in dunkelblauen Hosen, gestreiftem Hemd und einem königsblauen Blazer mit einem schon ergrauten Schnurrbart eilte zur Rezeption des kleinen Schlösschens, das malerisch im Zentrum der Campinganlage lag und neben einem Restaurant und der notwendigen Infrastruktur auch einige Gästezimmer beherbergte. „Sie müssen sein Gudrun aus Allemagne, nicht wahr, aber wer sind die entzückenden jungen Damen, sind das Ihre Schwestern, Madame?" Er ergriff Gudruns Hand und deutete einen Handkuss an. Als er Annikas Blick sah, verzichtete er allerdings bei den beiden Schwestern darauf.

Gudrun ließ ihm das unverschämt übertriebene Kompliment durchgehen, lächelte ein wenig. „Sie sind Pierre? Wir hatten korrespondiert, nicht wahr? Und nein, das sind nicht meine Schwestern, sondern meine Töchter. Sie haben sich ein Zelt

mitgebracht und werden hier auf dem Platz campen." Pierre
musterte die beiden noch einmal. „Na dann Gratulation zu
Ihrem – wie sagt man – Nachwuchs, nicht wahr, pardon, meine
Deutsch ist ein wenig – eingerostet. Die beiden werden sich si-
cherlich hier wohlfühlen, viele nette junge Leute hier um diese
Zeit." „Ja, zwei davon haben sie schon dazu gebracht, ihnen ihr
Zelt aufzubauen, während sie mich hierher bringen."

„Na dann, darf ich die drei Damen auf einen Drink aufs Haus
einladen, Zelt wird brauchen eine kleine Weile, nicht wahr?"
Die drei folgten ihm auf die Terrasse, von der man einen herrli-
chen Überblick über den Platz bis zum Meer hat. „Wo haben
die Damen gefunden Parzelle?", fragte er. Annika deutete in
Richtung Meer. „Ah, ich sehe schon, wo bis heute war deut-
sches Ehepaar mit Wohnmobil. Wenn Sie mich fragen, beste
Parzelle am Platz. Sie hatten Glück. Was trinken Sie?"

Man einigte sich rasch auf einen großen Krug Zitronenlimonade mit einem Schuss weißen Rum drin, bald kam eine hübsche
junge Kellnerin mit einem Tablett und vier Gläsern. Pierre
schenkte persönlich ein, hob dann sein Glas. „Santé, die Damen, auf einen wunderschönen Urlaub in unserem kleinen Pa-
radies hier."

Nach einer gefühlten halben Stunde Unterhaltung, die zu 95%
Pierre bestritt, beschloss Gudrun, sich und ihre Kinder zu be-
freien. „Ich danke herzlich für diese wunderbare Einladung,
aber dürfte ich jetzt mein Zimmer beziehen, die Fahrt war lang,
ich möchte mich vor dem Abendessen noch ein wenig ausru-
hen. Und die Kinder müssen ja auch noch auspacken." „Aber
selbstverständlich, wie konnte ich das nur übersehen", antwortete der Manager. „Warten Sie kurz, ich hole die Zimmerkarte,
dann bringe ich Sie persönlich hinauf." „Und wir nutzen gleich
die Gelegenheit, uns zu bedanken und zu verabschieden", sagte
Annika geistesgegenwärtig. „Mama, wir sehen uns dann morgen Vormittag. Einen schönen Abend dir noch." Sie standen
auf und umarmten einander. „Euch auch noch einen schönen

Abend, was immer ihr vorhabt", antwortete Gudrun lächelnd. „Danke fürs Bringen, und mit dem alten Quatschkopf werde ich schon allein fertig."

Zurück zum Zelt

„Mama ist also mal versorgt", sagte Petra nüchtern, als die beiden Mädchen wieder allein in dem brummenden und knatternden Wagen der Jungs saßen. Annika antwortete nicht gleich, der Rückweg war wohl auf den verschlungenen Fahrwegen schwieriger zu finden. „Und du wirst diesen Lars wohl heute auch noch vögeln."

Annika hielt den Wagen in der Bucht vor einer Müllsammelinsel kurz an. „Nur kein Neid, Schwesterherz, sind eh zwei Schwänze da. Und jetzt stör mich nicht, sonst finden wir nie zum Zeltplatz zurück." „Da vorne links würde ich mal versuchen, das führt immerhin auf den Hügel hinauf", gab Petra giftig zurück. „Wenn man halt nur ficken im Kopf hat, ist es schwierig mit der Konzentration." Annika stellte den Motor ab. „Du hör mal, wenn das jetzt den ganzen Urlaub so geht, dann kannst du gleich zu Mama ins Zimmer siedeln, ich hör mir dein Gemaule nicht eine Woche lang an. Ich kann nichts dafür, dass du schon verheiratet bist und jetzt Frust schiebst."

Tatsächlich war Petra seit einiger Zeit verheiratet. Sie, die von klein auf nur im äußersten Notfall von Arbeit etwas wissen hatte wollen, die Schule und später eine Bürolehre nur mit Widerwillen absolviert hatte, hatte es irgendwie geschafft, einen situierten älteren Herrn kennenzulernen, der sie schließlich geheiratet hatte. Sie lebte seitdem in dessen Haus und tat – weiter genau nichts, der Haushalt wurde dort von Personal geführt. Gudrun und Annika, die das krasse Gegenteil davon waren und immer auf eigenen Beinen hatten stehen wollen, hatten das schließlich als „ihre Entscheidung" zu akzeptieren gelernt. Gudrun war angesehene Redakteurin bei einer Münchner Zeitung, Annika studierte Betriebswirtin und arbeitete in der Organisationsabteilung einer großen bayrischen Bank.

„Entschuldige bitte", lenkte Petra schließlich ein. „Aber für wie blöd hältst du mich eigentlich? Glaubst du, dass ich echt hierher mitgefahren wäre, wenn das alles genau so wäre, wie du glaubst?" Eine berechtigte Frage, Annika schaute zu ihrer Schwester hinüber, die ein geheimnisvolles Gesicht aufgesetzt hatte. „Na dann spuck's aus, Kleine, bevor du platzt." Petra schluckte eine bissige Antwort hinunter, sie wusste, wann es genug war. Stattdessen tischte sie ihr im Flüsterton den Grund auf, warum sie mit Wissen und Billigung ihres Mannes hier war. Bald kicherten die beiden wieder gemeinsam wie in ihren besten Schulmädchentagen. „Na dann spricht ja nichts dagegen, dass auch du unverzüglich zur Tat schreitest, sobald wir zurück sind. Was meintest du, da vorne links?"

Bald hatten die beiden Mädchen die Parzelle wiedergefunden. Ihr geräumiges Tunnelzelt stand bereits, und die Jungs hatten darauf geachtet, dass nachmittags und abends der Schatten zweier gewaltiger Pinien auf die beiden nebeneinander liegenden „Schlafzimmer" fiel. Der Kombi stand ebenfalls fein säuberlich im Schatten geparkt. Annika tauschte wieder Autoschlüssel mit Lars, dann rief sie „Na dann lasst mal sehen." Auch der Innenraum des Zeltes war bereits mustergültig eingerichtet, Kochecke, Stühle, Lampe und Tisch aufgebaut. Auf dem Tisch stand in einer Vase ein Strauß frischer Blumen, die die beiden wohl von einem der üppig blühenden Büsche ein paar Schritte weiter auf dem Fahrweg abgeschnitten hatten. Im Hintergrund waren die beiden breiten Matratzen in den Schlafkojen bereits ausgelegt und mit Leintüchern bespannt. Die Schlafräume waren durch eine dünne Stoffbahn voneinander getrennt, die man jedoch zusammenrollen oder auch ganz entfernen konnte.

„Das habt ihr wunderbar hingekriegt, danke euch", sagte Annika und lächelte die beiden an. Petra brauchte wohl noch eine Weile zum Auftauen, also musste sie vorerst Reden und Verbindlichkeit übernehmen. Sie legte Lars also kurz ihre Arme auf die Schultern und gab ihm einen Kuss, dass diesem vor Überraschung fast schwindlig wurde. „Aber jetzt gehen wir erst mal Schwimmen, was meint ihr beiden, kommt ihr mit?", fragte sie dann. Ohne eine Antwort abzuwarten, trat sie ein paar Schritte zurück, fixierte Lars weiter mit einem offenen Blick, während sie sich ohne große Umstände das Kleid über den Kopf zog, es achtlos auf das Bett warf und aus ihrem String Tanga schlüpfte.

„Gute Idee", sagte Petra, der nun nichts anderes übrig blieb, als – wenn auch etwas weniger elegant – aus ihrem Kleid zu schlüpfen. Es entging ihr allerdings nicht, dass sie damit die Blicke Franks auf sich zog. „Na was ist, Jungs? Ihr könnt eure Shorts auch gleich hier lassen, mir ist heiß." Annika schlüpfte in ihre Badesandalen, die bereits bereitstanden, verließ das Zelt und lief leichtfüßig voraus die flache Wiese hinunter zum Strand. Die anderen drei folgten ihr, bald plantschten die vier im Wasser herum wie übermütige Teenager. „Gut so", dachte Annika, der es daran gelegen war, Distanz und Scheu zwischen ihnen und ihren Zeltnachbarn rasch abzubauen. Sie hatte allerdings die Erfahrung gemacht, dass man da nicht zu direkt zu Werke gehen durfte, wollte man die Männer nicht verschrecken. Man musste sie immer im Glauben lassen, selbst die Initiative zu haben, während man sie am Nasenring genau dahin führte, wo man sie haben wollte. Zum Glück Routine, dachte sie, auch wenn sie wohl zumindest heute für die erstaunlich naive Petra auch noch mitdenken würde müssen.

Und jetzt?

Auf dem Weg hinauf nahm Annika Petra kurz zur Seite. „Bist du schon so weit?", fragte sie ziemlich unverblümt. „Aber ja, ist doch egal, ob heute oder erst morgen", gab Petra gut gelaunt zurück. „Na dann", kicherte Annika. „Ich mach das schon."

Okay, dachte Petra, die sich ihrer Sache lang nicht so sicher war, wie sie da vorgab.

Schließlich waren alle Verlegenheitshandlungen verbraucht: Abtrocknen, Gläser einschenken, gemeinsam einen Schluck Wasser nehmen. Vier nackte junge Leute standen jetzt im Zelt der Mädchen herum, es war irgendwie klar, was jeder wollte, aber die Jungs wagten es nicht, den Anfang zu machen, und Annika genoss es, die Spannung noch eine Weile aufrechtzuerhalten.

Schließlich hielt sie es nicht mehr aus. „Müssen wir jetzt Flaschen drehen, oder geht's so auch?", fragte sie in die Runde, so als wenn sie über das Wetter oder Pläne für das Abendessen gesprochen hätte. Irgendwie schien das das Eis zu brechen, sie mussten alle vier herzlich lachen, bevor Lars schließlich auf Annika zuging, ihr in die Augen sah und das unvermeidliche „Okay, wenn ich dich berühre?" fragte. „Ja, brauchst nichts mehr fragen." Annika bewunderte sich selbst, wie klar diese Antwort kam, ein bisschen nervös war sie schon. Der erste Fick mit einem Neuen war immer was Spannendes, Besonderes. „Na dann, darf ich bitten?", fragte er, legte ihr locker den Arm um die Hüfte und schubste sie Richtung einer der Schlafkojen.

Frank und Petra hatten es auch bald geschafft, sie folgten in die Nebenkoje. Es schien niemanden zu stören, dass die Zelttüre weit offen und die Abtrennung zwischen den beiden „Schlafzimmern" sauber aufgerollt war. Es ging bei beiden Paaren rasch und schnörkellos zur Sache, 20 Minuten später schien der erste Druck draußen. Die vier lagen noch eine Weile nackt, wie sie waren, auf den Matratzen, Annika und Petra tauschen kurz Blicke aus, ob alles okay war. „Und wo kriegen wir jetzt Essen her, ich habe Hunger", brach Annika schließlich die unschlüssige Intimität des Nachglühens, alle lachten erleichtert. „Unten an der Marina ist ein nettes kleines französisches Bistro, etwa 10 Minuten zu Fuß von hier. Wenn ihr möchtet?" Es war Frank, der den Vorschlag machte. Gut, dachte Annika, auch er taut jetzt ein wenig auf, mit Petra wird es schon werden. „Gern", sagte sie, „Aber wenigstens eine Runde Meer sollten wir noch machen, bevor wir uns unter Leute wagen." Alle vier kicherten. „Das Sanitärhaus liegt auf halbem Weg dort hin, das zeigen wir euch dann gleich", gab Frank zurück, „Aber dort ist um die Zeit viel los, jetzt tut's das Meer wohl auch."

Montag

Der nächste Morgen

Annika erwachte früh. Die Sonne schien schon hell auf das Zelt. Sie hatte Kopfschmerzen und starken Druck auf der Blase. Sie blickte kurz um sich. Neben ihr schlief Frank, Lars und Petra lagen eng umschlungen auf der anderen Matratze. Sie versuchte sich an die Nacht zu erinnern, momentan vergeblich. Hatte sie auch mit Frank? - Sie schob den Gedanken zur Seite, es war doch eigentlich gleichgültig. Sie griff sich zwischen die Beine. Sie brauchte wohl dringend ein Klo und eine Dusche.

Auf dem Tisch standen neben leeren Packungen von Keksen und Knabbereien auch einige leere Flaschen unterschiedlichster Rotweine. Gut, das erklärte das Kopfweh, sie hatten bereits im Bistro zwei getrunken. Sie schlüpfte in ein kurzes Kleid und ihre Sandalen, griff nach dem Beutel mit ihrem Waschzeug und einem Handtuch und machte sich auf den Weg zum Waschhaus. Sie begegnete auf dem ganzen Weg niemandem. Eine Uhr, die etwas unmotiviert auf einer Eisenstange am Wegrand stand, zeigte 6 Uhr 30. Ah, drum.

Sie verbrachte gute 15 Minuten unter der warmen Dusche, pissen erledigte sie gleich hier. Annika liebte Sex, auch exzessiven Sex, aber sie genoss es, danach Zeit und Muße zu haben, ihren Körper gründlich zu reinigen und sich wieder innen und außen ganz sauber zu fühlen. In ihrer Toilett-Tasche fanden sich noch ein paar Münzen, sie warf eine davon in den Föhn und ließ sich Zeit, ihr langes blondes Haar durchzufrisieren und gründlich zu trocknen. Ein Blick in den Spiegel – besser, viel besser. Den Lidstrich nachziehen, ein bisschen Mascara auf die Wimpern, das musste reichen. Das hier war Urlaub und kein Business Meeting. Einem Impuls folgend, packte sie einfach das nasse Handtuch und schlenderte nackt, wie sie was, zurück zum Zelt. Sie genoss es in diesem Augenblick, eine attraktive junge Frau zu sein, sie genoss die Blicke von zwei, drei älteren Herren, die schon vor ihren Wohnwagen saßen und freundlich grüßend von der Bild-Zeitung aufblickten, als sie vorbeiging. Um diese Zeit waren wohl nur die Deutschen auf, die Franzosen gingen eher gerade erst schlafen, dachte sie schmunzelnd.

Aus dem Zelt der Jungs drang schon Kaffeeduft an ihre Nase. Sie spähte also neugierig beim Eingang hinein, Frank goss gerade heißes Wasser in eine Tasse. „Guten Morgen, bekomme ich auch einen?", fragte sie artig. Frank sah kurz auf, wandte dann aber wieder seinen Blick ab. Kurz darauf saßen die beiden auf bequemen Stühlen vor dem Zelt, je einen dampfenden Becher Kaffee in der Hand. Eine Weile schwiegen beide, eine Art nervöser Spannung lag in der Luft.

„Was ist?", fragte Annika schließlich. Sie wusste augenblicklich, dass das der falsche Anfang gewesen war, Frank wirkte noch überforderter als eh schon. Er biss sich auf der Lippe herum, überlegte wohl, was er antworten sollte. Gut, dann halt die direkte Methode. Annika war es gewohnt, sich um das Atmosphärische kümmern zu müssen, auch und gerade „danach". Sie seufzte still in sich hinein, es war ja nicht schwierig, aber sie war eigentlich noch nicht richtig wach. Also gut …

„Hör zu Frank: Wir haben letzte Nacht gefickt, das ist okay, aber keine große Sache. Wir sind dieselben Zeltnachbarn wie gestern, wir mögen einander, aber in einer Woche gehen wir wieder unserer Wege. Das hat mit Freiheit zu tun, aber da ist weder Anlass für Romantik noch für Moralische. So weit, so verständlich?" Sie hoffte, dass sie nicht zu harsch rübergekommen war. Frank blickte von seinem Kaffee auf, dann änderte sich sein Ausdruck schlagartig, es war, als fiele eine Art von Schwere von ihm ab. „Danke, dass du das klargestellt hast, Annika. Weißt du, ich habe nicht so viel Erfahrung mit so etwas. Ich bin nur ein einfacher Programmierer, da trifft man selten so coole Frauen wie dich." Er blickte sie jetzt offen an. Viel besser, fand sie. „Na dann, genieße die Zeit. Petra und ich wissen recht genau, was wir wollen und was nicht. Seid einfach ihr selbst, ihr könnt wenig falsch machen." Sie stand auf und küsste ihn auf den Mund. „Bist ein ganz ein Süßer", setzte sie nach. Sie stand zwar auf Lars, aber was kostete es sie schon, auch zu seinem Bruder nett zu sein.

„Was macht Lars eigentlich beruflich?" Ah, das war mehr ein Thema für Frank, seine Augen begannen zu leuchten. Er erzählte ihr von der kleinen Softwareschmiede bei Stuttgart, die sie beide vor zwei Jahren gegründet hatten. Lars war mehr für die Ideen und das Verkaufen zuständig, Frank für die Technik und die zwei freien Programmierer, die sie mittlerweile zeitweise beschäftigten. „Und was macht ihr?" Annika überlegte kurz entschied sich dann für eine vage Aussage. „Bei einer Bank. Ich mache Organisation, da habe ich auch immer wieder mit der IT zu tun." Zum Glück konnte Frank nicht mehr auf Petra zu sprechen kommen, denn diese erschien gemeinsam mit Lars am Eingang des Tunnelzeltes.

Mama

„Gudrun kommt in einer halben Stunde her, und sie bringt Frühstück mit." Petra blickte von ihrem Mobiltelefon auf, das gerade gepiepst hatte. Die vier saßen mittlerweile immer noch nackt vor dem Zelt der Jungs, es hatte sich dann doch noch ein nettes Geplauder beim Kaffee eingestellt.

„Na dann wollen wir uns mal ein bisschen anziehen", schlug Lars vor. Annika widersprach nicht, sie hielt das auch für unverfänglicher, früher oder später würden sie ja ohnehin baden gehen, man musste ja nicht gleich übertreiben. „Unser Tisch ist größer, aber ihr könnt eure Stühle mitbringen", sagte sie noch zu Lars, bevor die beiden Mädchen in Richtung ihres Zeltes aufbrachen. „Geht klar", rief er ihr nach. Gelegenheit für Annika, kurz allein mit Petra zu sprechen. „Geht's dir gut?", fragte sie angelegentlich nach. „Ganz so forsch habe ich es mir nicht gleich vorgestellt, aber – ja", antwortete diese. „Bin ich dir jetzt eh nicht bei Lars in die Quere gekommen?" Annika dachte nach. Selbst wenn, wäre es jetzt unklug, das zuzugeben. „Geh Dummi", antwortete sie schließlich. „In einer Woche sind wir wieder auf dem Heimweg, und wir sehen keinen von denen wieder."

Sie hatten sich keine Gedanken gemacht, wie Gudrun zu ihnen kommen sollte – es war bei ihnen üblich, dass diejenige, die etwas brauchte, das einfach sagte. Aber darauf, wie sie dann ankam, waren die Mädchen dann doch nicht vorbereitet. Mit heulendem Elektromotor bog eine Art von Golf Cart vom Zufahrtsweg auf ihr Grundstück ein. Während Gudrun in einem leichten Sommerkleid abstieg, begann das Mädchen, das sie wohl hergefahren hatte, zwei riesenhafte Körbe abzuladen und vor dem Zelt abzustellen. „Bonjour. Meilleures salutations de Pierre et bon appétit", sagte das Mädchen scheu, als sie Annika sah. „Un instant s'il vous plaît", antwortete diese höflich und reichte dem Mädchen einen kleinen Geldschein. „Merci et salut à Pierre." „Merci beaucoup." Das Mädchen knickste, stieg wieder auf das Cart und war gleich darauf verschwunden.

„Guten Morgen, Gudrun." Annika umarmte ihre Mutter herzlich. Sie schaute sich um, die Jungs waren noch nirgendwo zu sehen. „Und, wie lang hast du dir das Gequatsche gestern noch anhören müssen, bis …" Sie grinste ihre Mutter forsch an, die beiden kannten einander gut genug, einander auch intimste Details anzusehen. Gudrun seufzte innerlich. Im Gegensatz zur friedfertigen Petra hatte Annika eine heftige Pubertät durchgemacht und durch beharrliche Sturheit erzwungen, dass Gudrun ein Verhältnis auf Augenhöhe zuließ. Soweit es Annika betraf, begegnete die ihr wie einer intimen Freundin. Gudrun fand das ja grundsätzlich gut, vermochte sich selbst aber nicht annähernd so rückhaltlos zu öffnen. Auch wenn sie es sich selbst nicht eingestand: Sie stand sich mit den tief eingebrannten Mustern und Reflexen ihrer eigenen Erziehung, aber auch mit ihren Vorstellungen über die Mutterrolle immer wieder selbst im Weg.

„Danke der Nachfrage, wir hatten eine exzellente Flasche Bordeaux zu einem ausgezeichneten Abendessen, und ich bin dann immerhin mit nur einem ausgekommen." Touché. Die Mädchen hatten sich nicht die Zeit genommen, das Zelt aufzuräumen, es war wohl allzu offensichtlich, was der Abend ihnen gestern gebracht hatte. Auch das war für Gudrun immer noch gewöhnungsbedürftig: Sie gönnte ihren beiden Töchtern jedes Vergnügen, aber sie mochte es nicht, allzu offensichtlich damit konfrontiert zu werden. Und sie kannte Annika gut genug zu wissen, dass diese kleine Provokation kein Zufall war.

Zum Glück kamen da die Jungs mit ihren Stühlen. „Guten Morgen, Frau ...", sagten sie nahezu unisono. Gudrun schenkte ihnen einen aufmunternden Blick. „Ich bin Gudrun, ihr könnt du sagen, und ich beiße nicht. Also – zumindest nicht gleich. Ihr wart noch mal – Lars und ..." „Frank", sagte Frank, der froh war, dass die momentane Spannung draußen war. „Guten Morgen, Gudrun." Sie nickte den beiden nur zu. „Na dann, deckt einmal auf, ich denke, wir haben alle Hunger, und Pierre hat es sehr gut mit uns gemeint." In der Tat war das Frühstück exzellent, von frischem Gebäck und Croissants über Obst, Eierspeise mit Speck, Schinken, Käse und Marmelade bis frischem Kaffee und sogar einer Flasche Sekt und Orangensaft war alles da. Sie trödelten gut zwei Stunden herum, Gudrun fühlte den beiden jungen Männern unauffällig, aber doch ein wenig auf den Zahn, doch sie entspannte sich rasch, die beiden gefielen ihr.

„Und, bleibst du Nachmittag zum Baden hier?", fragte Annika schließlich, als sie mit dem Brunch fertig waren und die Reste wieder in die Körbe verpackt hatten. „Nein danke, das ist nett von euch, aber ich brauche jetzt ein wenig Zeit für mich." Annika suchte den Blickkontakt mit ihr, Gudrun wollte sich aber nicht öffnen. „Sollen wir dich noch hinunterbringen? Und was ist mit den Körben?" „Die Körbe lasst stehen, das Mädchen wird sie schon wieder holen. Und ich bin schon groß und finde den Weg." Fast am Fahrweg angekommen, drehte sich Gudrun noch einmal um. „Und wenn nicht, habe ich meinen eigenen Helden, der mich rettet." Sie winkte mit ihrem Mobiltelefon und machte sich dann allein auf den Weg den Berg hinunter.

Männergespräch

Der Nachmittag zog sich träge dahin. Lars hatte Frank davon abgehalten, unaufgefordert mit zum Wasser hinunterzugehen, als die beiden Mädchen schließlich aufbrachen. Er hatte sich nicht getäuscht, die beiden würdigten sie keines Blickes, nahmen sich Liegematten mit und verbrachten den Nachmittag im Halbschatten einiger verwitterter Pinien, die oberhalb des Strandes auf einem Felsen ihr kärgliches Dasein fristeten. „Zurück zum Bier", brach Lars schließlich das Schweigen, als er mit zwei Dosen aus der Kühlbox aus dem Zelt zurückkehrte.

„Aber warum?", fragte Frank. „Erst läuft da eine Woche gar nichts, dann schneit uns das Glück diese beiden für eine Nacht herein, und jetzt? Haben wir etwas falsch gemacht?" Lars poppte die Dose auf, nahm einen langen Zug, ließ die Kohlensäure langsam aus seinem Magen entweichen und schwieg eine Weile. „Strohfeuer, weiter nichts", sagte er dann. Frank sah ihn verständnislos an. „Vielleicht kriegen wir die beiden noch einmal in unser Bett, vielleicht auch nicht. Aber sicher nicht, wenn wir uns aufdrängen."

Frank sagte eine Weile nichts, er dachte darüber nach, was Annika heute Morgen zu ihm gesagt hatte. Aber woher wusste sein Bruder das? Er wartete geduldig, Lars formulierte gern präzise und brauchte daher oft eine Weile, bis er eine Sache so auf den Punkt hatte, wie er es beabsichtigte.

„Schau, es ist recht einfach. Die Blonde hat das ganze sehr vermutlich nur vom Zaun gebrochen, um ihrer Mutter etwas zu beweisen. Und vice versa, wenn ich das richtig mitbekommen habe, hat die sich die letzte Nacht von diesem Opa mit dem Schnurrbart im Château besteigen lassen." Frank schaute seinen Bruder mit großen Augen an. „Woher weißt du das?" „Sie haben darüber gesprochen, als sie annahmen, dass keiner in der Nähe war. Ich war hinter ihrem Zelt, weil ich wissen wollte, was das Golf Cart da sollte."

Sie schwiegen wieder eine Weile. „Und Petra?", fragte Frank schließlich. „Aus der werde ich überhaupt nicht schlau, ich vermute aber, die macht nur mit, weil sie nicht zurückstehen will. Die ist nicht mal im Ansatz eine Swingerin. Außerdem sieht ihr Ringfinger aus, als hätte bis vor kurzem ein Ring daran gesteckt." Frank schwieg eine Weile, er musste das Gehörte erst einmal einordnen. „Und was heißt das jetzt für uns?", fragte er dann vorsichtig. „Wir werden heute mal nicht initiativ. Wenn sie den Abend mit uns verbringen will, wird sie uns das wissen lassen, ansonsten – Business as usual: Abendessen, dann runter zur Bar an der Marina, da gibt's wenigstens gute Musik, und mal schauen." Frank zuckte die Achseln, die Welt funktionierte wohl doch immer noch so, wie er sie kannte, es war über Nacht kein Wunder geschehen. Schweigend tranken die beiden ihr Bier aus.

Abendessen mit Mama

Was Annika anbelangte, sollte Lars Recht behalten, allerdings ließ es sich Annika wenigstens angelegen sein, ihnen für den Abend abzusagen. „Wir gehen heute mit Mama Abendessen und danach vielleicht noch aus. Viel Spaß auch euch heute Abend." Die beiden Frauen hatten sich ein wenig zurechtgemacht und nahmen ihren Wagen, um zum Château zu fahren.

„Und, warum hast du die beiden heute derart brüsk abserviert?", fragte Petra, kaum dass sie auf der Fahrstraße waren. Annika seufzte innerlich, sie hatte eigentlich keine Lust, ihrer kleinen Schwester solch elementare weibliche Standardtaktiken zu erklären. „Damit sie nicht glauben, dass sie was Besonderes sind, oder gar anhänglich werden", gab sie daher nur knapp zurück. „Und dafür vermasselt man sich selber eine Gelegenheit?", maulte Petra zurück. „Tja, ein bisserl Disziplin gehört schon dazu, wenn frau die Oberhand behalten und nicht zum Spielball werden will. Verdammt." Annika war vor lauter Ärger an einer der Kreuzungen falsch abgebogen und nun gezwungen, einen großen Halbkreis als Umweg zu fahren.

Petra verstand das nicht recht: Selbst wenn man akzeptierte, dass das ganze nicht mehr als eine Urlaubsliebelei war, konnte man doch die Sache die paar Tage einfach genießen. Für den Augenblick konnte sie nicht aus, aber sie beschloss, sich bei der ersten sich bietenden Gelegenheit von Annika abzukoppeln. Sie hatte eigentlich keine gesteigerte Lust, in einer fremden Stadt auf gut Glück in eine Diskothek zu gehen und darauf zu warten, von irgend einem Kerl abgeschleppt zu werden. Wenngleich das Annika deutlich anders formulieren würde. Für den Augenblick schwieg sie also schmollend.

Die Atmosphäre bei Tisch passte von Anfang an nicht. Gudrun sah sich mit einer überdrehten und einer frustrierten Tochter konfrontiert, die sich offenbar sehr bemühten, ihren Zoff vor ihr zu verbergen. Sie hatte natürlich genug Routine, um sich aus den verstockten Halbsätzen und Andeutungen der beiden sehr bald ein Bild zu machen. Petra hätte sich wenig überraschend mit dem einen der beiden Jungs für die Woche zufriedengegeben, der ihr da in den Schoß (haha, wie doppeldeutig) gefallen war. Annika hingegen musste wieder einmal mit dem Kopf durch irgend eine Wand, wobei auch Gudrun nicht klar war, was damit zu gewinnen war, sich statt eines sicheren und

geilen Gute-Nacht-Ficks in einer unbekannten Stadt ins Nachtleben zu stürzen.

Schließlich war das Essen überstanden, der Wein hatte die all-
gemeine Laune zwar gehoben, aber richtige Stimmung wollte
dennoch nicht aufkommen. Annika fragte schließlich die beiden noch einmal, ob sie mit in die nächste Stadt kommen würden. Gudrun lehnte höflich ab „Schatz, du hast nicht wirklich
damit gerechnet, dass ich mich noch ins Nachtleben stürze",
und Petra nutzte die Gunst der Stunde, um ebenfalls abzuleh-
nen. Auch wenn sie es nicht zugab, sie hatte ein wenig Sehn-
sucht nach dem zärtlichen verträumten Frank.

„Dann macht, was ihr wollt, gehe ich halt allein." Damit knallte Annika den Autoschlüssel auf den Tisch und stampfte wü-
tend von der Terrasse Richtung Rezeption. Da sie ziemlich laut
sprach, hörten die beiden anderen mit, wie sie ein Taxi bestellte. Ein paar Minuten später hielt ein Wagen vor dem Eingangs-
tor, und Annika verschwand in die Nacht.

„Trinken wir beide noch was, wir haben wohl beide nichts
vor", lächelte Gudrun Petra an. Die Gelegenheit, mit ihrer jün-
geren Tochter allein zu sprechen, bot sich nicht oft. So sehr
Gudrun Annika bewunderte, aber dass sie die jüngere immer so
zudeckte, konnte sie nicht gutheißen. Petra nickte, sie wusste
auch nicht recht, was sie jetzt allein mit dem Abend anfangen
sollten. So bestellten die beiden noch einen kleinen Krug Port-
wein. Mit all ihrer Routine als Mutter stupste Gudrun Petra behutsam an, und nach einer Stunde hatte auch sie aus ihr heraus-
bekommen, warum sie eigentlich als Ehefrau mitgefahren war
und was sie hier vorhatte.

Es war schon nach elf Uhr, als sich Petra schließlich verabschiedete. Mit Schaudern wurde sie gewahr, dass sie sich jetzt
nicht auf Annika verlassen konnte, sondern den Wagen selber
zum Zeltplatz steuern musste. Petra mochte keine Abenteuer:
Sie ging an die Rezeption um einen Lageplan des Platzes und

bat den Rezeptionisten, ihr den Platz Nummer 44 einzuzeichnen. Er tat ein übriges und zeichnete ihr auch den genauen Fahrweg vor. So kam sie eine Viertelstunde später wohlbehalten bei ihrem Zelt an.

Gudrun hätte zwar Pierre noch anrufen können, entschied sich aber dagegen. Sie duschte noch ausgiebig, cremte ihren Körper mit einer Lotion ein, legte sich so, wie sie war, auf das große weiche Bett und war sehr bald tief und fest eingeschlafen.

Am Zelt

Frank staunte nicht schlecht, als der Wagen ihrer Nachbarinnen bereits um Viertel nach elf auf deren Parzelle bog. Der Abend war bereits kühl geworden, am Hafen war kaum etwas los gewesen, so waren sie vor einer halben Stunde wieder hierher zurückgekehrt. Lars war gerade ins Zelt gegangen, um „noch etwas zu holen". Im Klartext „das Zeug in der Blechdose, gleich beim Tabak und dem Zigarettenpapier."

Frank kniff die Augen zusammen. Er konnte nur eine der beiden sehen, die blonde Annika war nicht mit von der Partie, Petra war allein. Würde der Abend doch noch besser werden, als die beiden vermutet hatten? Sein Herz begann ein wenig schneller zu schlagen, als Petra sich nicht etwa in ihr Zelt zurückzog, sondern zu ihm herüberschaute. Sie brauchte eine Weile, bis sie sich wohl entschlossen hatte, dann ging sie langsam auf ihn zu. Lars blieb im Türrahmen des Zeltes stehen und beobachtete die Szene, die Blechdose in der Hand.

„'n Abend Frank." Petras Aussprache verriet, dass sie schon mehr getrunken hatte, als gut für sie war. „Hallo Petra, allein zurück?", fragte der Anteil nehmend. Lars schüttelte ein wenig den Kopf, Frank war taktisch genauso ein hoffnungsloser Fall wie offenbar Petra. Er selbst hielt sich im Hintergrund und beobachtete. Wenn er eine Möglichkeit dazu sah, würde er seinem Bruder wohl helfen, die Kleine abzuschleppen, für sich sah er wenig Chance. „Ja, Annika ist noch alleine los", fuhr Petra fort. „Ich hab noch ein bisschen mit Mama geplaudert, und jetzt bin ich wieder hier."

Da Frank nicht einmal die primitivsten Manöver zu beherrschen schien, gesellte sich Lars zu den beiden. „Magst du dich noch ein bisschen zu uns setzen? Wir waren gerade dabei, uns was zu bauen, möchtest du auch?" Petra warf einen Blick auf die Blechdose. „Mmh ja gern, das passt jetzt gut", sagte sie mit ein wenig unsicherem Lächeln. „Gehen wir vielleicht rüber zu euch, hier gibt es nur zwei Stühle", setzte er nach. „Klar", sagte Petra. Frank stand auf und nahm sie bereits ein wenig um die Hüfte, als er sie den kurzen Weg begleitete. Lars hielt ein wenig Abstand.

Er wartete, bis sich die zwei gesetzt hatten, begab sich dann zu ihnen und begann rasch und routiniert ein Tütchen zu bauen. Er zündete es an – nichts dem Zufall überlassen – und reichte es Petra. „Habt ihr zwei mit einem genug, oder wollt ihr ein zweites?", fragte er. „Nein nein, das passt schon so, ich vertrage nicht viel", gab Petra zurück. Sie nahm einen tiefen Zug und reichte es dann Frank. Die beiden schienen augenblicklich vergessen zu haben, dass er, Lars, überhaupt noch da war.

Gut, dachte der, das Mögliche habe ich getan. Er packte die Blechdose und ging zum Zelt der Jungs zurück. Allein zu kiffen, hatte er eigentlich keine Lust. Er überlegte, die beiden würden wohl bei Petra drüben in der Kiste landen. Er streifte also seine Shorts und sein T-Shirt ab und legte sich so, wie er war, auf seine Matratze. Vertraute Handgriffe, die Gedanken bei der letzten Nacht mit der blonden Annika, er brauchte kaum zwei Minuten. Papiertaschentuch lag griffbereit. Kurz darauf war er eingeschlafen.

In der Disco

Annika musste sich selbst sehr bald eingestehen, dass Gudrun und Petra recht gehabt hatten. Es war ein recht kühler Abend, auf den Straßen war wenig los, und sie fröstelte bald, nachdem sie im Zentrum der kleinen Stadt aus dem Wagen gestiegen war. Ein paar Gassen weiter drang laute, stampfende Musik aus einem Lokal, ein paar junge Leute standen davor, ein gelangweilter Security an der Türe. Es war nicht erkennbar, ob und worauf die warteten, ob sie hier einfach nur herumstanden, keinen Einlass fanden oder nur kurz herausgekommen waren, um Luft zu schnappen.

Egal, sie ging einfach auf den Security zu. „Bonne soirée. Ma tenue est-elle suffisante pour ici?" Er lächelte sie an. „Eventuell nicht deine Altersklasse, aber wenn du trotzdem magst ..." Aha, Nordrhein-Westfalen oder sowas. Annika überlegte, ob sie ihm eine kleben oder ihn fragen sollte, wann er hier aus hatte. Sie entschied sich dann aber für abwarten. „Danke für die Blumen", sagte sie kühl und ging durch den Eingang.

Die nächsten zwei Stunden taten ihr gut, sie fühlte sich wie in ihrer eigenen Kapsel, als sie in diese eigene Atmosphäre aus Lärm und Licht eintauchte. Es war ihr gleichgültig, was um sie herum vorging, sie ließ sich von der Musik treiben, tanzte die meiste Zeit allein auf der dicht besetzten Tanzfläche. Erst als sich das meiste Publikum gegen zwei Uhr morgens verloren hatte und der DJ schon merklich Richtung Kehraus trieb, kam sie wieder zu sich. Sie bestellte sich noch ein großes Cola-Rum an der Bar. Es schmeckte nach gechlorten Eiswürfeln, sie stürzte es in einem Zug hinunter.

Am Weg hinaus bemerkte sie, dass der Security gerade im Begriff war, seinen Posten zu verlassen. Sie wusste nicht recht, was sie antrieb, als sie ihm ein „Na, hast schon aus? Noch was trinken?" zurief. Doch er wandte sich zu ihr um, sie blieb stehen. Groß, proportionierter Körper, offener Blick unter dem dunkelblonden Bürstenhaarschnitt. Würde passen, dachte sie bei sich. „Trinken?", fragte er nur. Er stellte mühelos Rapport zu ihr her, sie war von der Heftigkeit ihrer eigenen körperlichen Reaktion überrascht. Sie wusste, dass sie sich zu billig gab, aber es war ihr momentan gleichgültig.

„Na dann komm mit", sagte er schließlich. Sie folgte ihm über den schlecht beleuchteten Parkplatz zu einem unscheinbaren Eingang, über dem eine einzelne trübe Birne ein verblasstes Schild „Hôtel" beleuchtete. „Wie in einem schlechten Film", dachte Annika noch, aber ihr Körper hatte wohl das Kommando übernommen. Der Security, er mochte Anfang 30 sein, wechselte ein paar rasche Worte auf Französisch mit der älteren Frau hinter der Rezeption. Ein Geldschein wechselte seinen Besitzer, sie gab ihm dafür einen Schlüssel und eine kleine Flasche billigen Sekt. „Du kannst dich immer noch umdrehen und gehen", meldete sich Annikas Über-Ich noch kurz zu Wort. „Und wer hat dich gefragt?", gab sie bissig zurück.

Auch wenn der Sekt grauenhaft war und das Bett quietschte: Der Fick war gut. Also so gut, wie ein Fick unter diesen Umständen halt sein konnte. Der Kerl hatte immerhin einen schönen trainierten Körper und wusste einigermaßen, was er tat. Annika war betrunken genug, einen Orgasmus der Klasse „okay" zulassen zu können, wie sie das einordnete, und nüchtern genug, ihn auch noch bewusst zu erleben.

Dienstag

Der Morgen danach

Sie war wohl eingeschlafen. Als sie erwachte, schien die Sonne durch das offene französische Fenster, Lärm von der Straße drang ins Zimmer. Sie war allein. Brandiger Geschmack auf der Zunge. Sie blickte sich um, es gab nur ein kleines Waschbecken im Zimmer. Also gut, erst der Durst. Sie nahm zwei große Becher Wasser. Handtasche und Mobiltelefon waren noch da, der Zimmerschlüssel steckte innen. Auf dem Bett ein kleiner Zettel. „Danke, war geil, aber ich musste heim. M." Sie steckte den Zettel in ihre Handtasche. Annika war Frau genug, sich auch ihren Dummheiten zu stellen, sie würde ihn in diese spezielle Schatulle legen, wenn sie wieder daheim war.

Doch jetzt gab es Dringenderes, sie brauchte ein Klo. Sie streifte sich also ihr Kleid über, spähte vorsichtig auf den Gang hinaus. Die Frau, die gestern am Empfang gesessen war, putzte gerade das Nebenzimmer. Sie deutete wortlos auf eine kleine Türe. „Merci", sagte Annika höflich, erntete aber nur ein Brummen.

Als sie zehn Minuten später wieder zurück ins Zimmer kam, war schon das Bett abgezogen, ihre Sachen standen auf dem kleinen Tisch. Okay, das war wohl deutlich, sie packte ihre Habseligkeiten und schaute, dass sie hinauskam, während ihr die Frau etwas auf Französisch nachrief, was sich so ähnlich wie „Seulement deux heures, putain" anhörte. Es prallte an ihr ab. Das „Merci, Madame", das sie Annika dann durch das offene Fenster des Zimmers nachrief, hörte die kaum noch. Die Frau hatte wohl den Schein gefunden, den Annika auf dem Tischchen hatte liegen lassen.

Natürlich hätte Annika jetzt einfach eine Message an ihre Schwester absetzen können. Doch es gab noch so etwas wie Stolz. Sie blickte sich um, wo sie ein Taxi herbekommen könnte. Da fiel ihr Auge auf ein kleines Café, bei dem eine dunkelhäutige Kellnerin bereits die kleinen Tische abwischte, die in der eben aufgehenden Morgensonne standen. Annika kramte nach ihrer Sonnenbrille und überquerte die Straße.

„Bonjour. Êtes-vous ouvert au café et aux croissants?" Wie üblich, erntete sie für ihr Schulfranzösisch nur einen mitleidigen Blick. „Coffee yes, Croissants not yet, but you can have baguette with butter and jam." Das Englisch war mit starkem, vermutlich spanischen Akzent gesprochen. „Sounds good, I take it." Damit setzte sie sich an einen der Tische. Es dauerte nicht lange, bis das Mädchen das Gewünschte brachte, die Baguettes waren frisch und der Kaffee heiß und stark. Annika ließ sich Zeit, kaute schweigend. Sie zündete sich eine Zigarette an.

„Perhaps taxi back home Maam? My friend Pedro can drive half prize", radebrechte das Mädchen beim Abservieren. „Pedro who?", antwortete Annika. Wie aus dem Nichts tauchte ein ebenso dunkelhäutiger junger Mann mit schwarzem krausen Haar und Oberlippenbart auf, er war keine 30 Jahre alt. „I Pedro. Where go lady. Drive you. Real Taxi. Cheap." Annika schob die Sonnenrille auf die Stirn und taxierte diesen Pedro. Entwarnung, harmlos. Der bescheißt nur seinen Chef.

„How much to Camp de Mar?", fragte sie. „O lala, le Swinger Camp." Ein Grinsen erschien auf Pedros Gesicht. Annika überlegte, ihn fortzuschicken, aber andererseits hatte sie keine Lust, sich jetzt noch jemand anderen zu suchen. „Shut up, and: How much?" Sie artikulierte die Worte langsam und deutlich. „Pardon me lady. Fiveandteen Euros." Das war die Hälfte von dem, was sie fürs Herfahren gezahlt hatte. „Listen carefully", sagte sie schließlich und sprach langsam weiter, wie man mit Kindern und senilen Leuten redete. „I give you twenty, you drive me right up to my camp space. Here is ten, the other ten when we are there. And: Shut up while driving. Deal?"

Pedro schaute hilflos, doch das Mädchen war plötzlich wieder da und überschüttete ihn mit einem Schwall spanisch klingender Wörter. „Pardon Madam", sagte sie schließlich, „Pedro will do as you say. Give the ten to me. Other ten to Pedro when there." Annika musste sich sehr zurückhalten, um nicht laut loszulachen. Das Mädchen hatte bei Pedro wohl das Sagen, das würde funktionieren, sonst gab es vermutlich eine Woche keinen Sex. „Ok, how much for breakfast?" „8 Euro 30 Cent." Annika kramte in ihrer Tasche herum und legte einen Zwanziger auf den Tisch. „Thats all right, but he will go right now. Okay?" Wieder ergoss sich ein Schwall spanischer Wörter über Pedro. „2 Minutes Madam. Just fetch car."

Er kam tatsächlich in einem Wagen mit einem Taxischild auf dem Dach. Die kurze Fahrt gestaltete sich ereignislos, die Schranke zum Platz war bereits offen, sie dirigierte den Wagen mühelos bis zu ihrer Parzelle. Sie gab Pedro den versprochenen Zehner und noch einen Euro. „For shutting up so nicely." Pedro legte nur seinen Finger auf seine Lippen und fuhr davon.

Sie wandte sich dem Zelt zu. Am Eingang wich sie zurück, es roch nach Kiffen und Sex. Frank und Petra schienen gerade aufgewacht zu sein und da weiterzumachen, wo sie vor dem Einschlafen aufgehört hatten. Sie beachteten Annika ebenso wenig wie diese sie. Annika gab sich wenig Mühe, besonders rücksichtsvoll zu sein, streife ihr Kleid über den Kopf – fuck, wo war ihr Slip geblieben? Wohl in der Wäsche von Madame – räumte ihre Handtasche weg und entschied sich dann, gleich hinunter zum Strand zu gehen.

Sie nahm eine der selbstaufblasenden Matten, ein Handtuch, ihr Mobiltelefon und ein Paar Kopfhörer, schlüpfte in ihre Badesandalen und ging in der schon warmen Morgensonne die Wiese hinunter zum Meer. Auch wenn sie schon sehr erschöpft war, war es ihr noch ein Bedürfnis, ins Meer zu gehen und sich die Nacht vom Körper zu spülen. Da niemand in der Nähe war, blieb sie im knöcheltiefen Wasser stehen und pisste in hohem Bogen, wie sie es als kleines Mädchen öfter getan hatte. Dann schwamm sie ein Stück hinaus, wieder zurück, breitete Matte und Handtuch unter den armseligen Pinien aus und legte sich bäuchlings hin. Sekunden später war sie eingeschlafen.

Unerwartet allein

Annika erwachte erst gegen sechs Uhr. Sie versuchte sich zu orientieren. Ok, erst mal ins Wasser, den Druck auf die Blase loswerden. Ein Stück hinausschwimmen, wieder zurück an Land. Sie schüttelte sich die Nässe von Körper und Haar ab, klaubte ihre Sachen zusammen und ging erst mal Richtung Zelt. Irgend etwas war anders. Ah, der Wagen war nicht da. Petra war vermutlich mit Frank irgendwo hingefahren. Sie öffnete suchend die Kühlbox. Mineralwasser war aus, nur mehr eine halbe Flasche klebrige Limonade. Egal, sie leerte den Inhalt mit ein paar Zügen.

Aus dem Nachbarzelt kam ein ziemlich veränderter Lars. Er trug lange Leinenhosen, ein Sporthemd und ein Sakko. Fesch, dachte sie unwillkürlich. „Hast du was vor?", fragte sie ihn nackt, wie sie war. „Ja ich bin verabredet, wird wohl spät werden. Ich wünsche dir einen schönen Abend." Ein bisschen einen Stich gab ihr das schon, bis sie sich zumindest vor sich selber eingestand, dass sie das andauernd mit anderen machte und nichts dabei fand. Sie griff nach ihrem Mobiltelefon und drückte die Taste „Mama." „Lust auf Abendessen?", tippte sie einfach. „Ja, aber ich bin schon vergeben." Aha. „Pierre?", fragte sie indiskret weiter. „Nö", kam es zurück. Sie wusste: Wenn Gudrun einsilbig wurde, fragte man besser nicht mehr nach, Mama konnte sehr bestimmt werden, wenn sie sich abgrenzen wollte.

Annika zuckte mit den Schultern. Allein sein machte ihr nichts aus, sie lebte als Single meist in einer kleinen Wohnung in zentraler Lage in München. Natürlich hatte sich auch im Haus ihrer Mutter in der Nähe des Starnberger Sees ihren eigenen Wohnbereich, doch sie war nur alle paar Wochenenden einmal dort, sie bevorzugte wochentags die Wohnung, von der ihre Arbeitsstätte bequem zu Fuß erreichbar war. Das Haus stammte noch von Annikas Vater, der kurz nach ihrer Geburt bei einem Autounfall ums Leben gekommen war. Gudrun lebte seitdem dort „allein, wenn auch nicht einsam", wie sie selbst das ausdrückte. Ein paar Jahre später war Petra zur Welt gekommen, doch Gudrun unterhielt zu deren Vater Tarek nur eine sehr oberflächliche Beziehung. Die beiden Mädchen hatte Gudrun allein aufgezogen, mit tatkräftiger Unterstützung einer alleinstehenden älteren Dame aus der Nachbarschaft, die ihr den Haushalt führte und nach den Kindern sah, wenn sie beruflich oder privat unterwegs war.

Annika würde jetzt warten, bis der Andrang an den Waschhäusern vorbei war, sich dann in aller Ruhe duschen und ihr Haar machen und dann später eine Kleinigkeit zu essen bestellen. Sich wieder irgend einen Fick zu suchen, hatte sie keine Lust, sie musste sich widerwillig eingestehen, dass ihr das Bild von dem feschen Lars nicht aus dem Kopf wollte.

Château, Terrasse

„Santé." „Santé." Lars hatte den letzten Rest gleichmäßig auf die beiden Gläser aufgeteilt. Gudrun, die ihm gegenüber saß, sah bezaubernd aus. Die beiden verbrachten bereits an die zwei Stunden miteinander bei einem langsam servierten mehrgängigen Menü. Gudrun war erfahren genug, ein Gespräch mit dem jungen Mann am Laufen zu halten, und er machte es ihr nicht allzu schwer. Gute Kinderstube, belesen, vielseitig interessiert, weltoffen. Ein Vergnügen, sich mit ihm zu unterhalten, fand sie. Pierre war zwar anwesend, aber ganz Gentleman und höflich-professionell. Da alle drei wussten, was zwischen ihm und Gudrun gelaufen war, aber keiner wusste, dass auch die anderen wussten, sorgte das Spiel bei allen Beteiligten nur für innere Heiterkeit, die sie allerdings nicht miteinander teilen konnten.

„Die Rechnung, bitte", sagte Gudrun schließlich. Lars wollte protestieren, doch sie wehrte ab. Sie studierte den Beleg, rundete den Betrag großzügig auf und sagte beiläufig: „Zimmer 5." Der Kellner suchte auffällig-unauffällig Pierres Blick, der nickte ebenso auffällig-unauffällig. „Danke Madame, noch einen schönen Abend."

Gudrun nahm das Weinglas zur Hand, blickte versonnen in die kleine Neige, drehte sie ein wenig. „Lars, würdest du mir jetzt den Gefallen tun, mich noch auf mein Zimmer zu begleiten?" Lars, der eben erst von Annika einen Crashkurs in weiblicher Direktheit hatte verpasst bekommen, hatte Mühe, die Contenance zu bewahren. Gudrun beobachtete ihn amüsiert, sie ließ ihm aber Zeit, sich wieder zu fangen. „Aber mit dem größten Vergnügen, Gudrun", antwortete er schließlich, es kam halt nicht ganz so beiläufig hinüber, wie er es beabsichtigt hatte. „Gut, dann wollen wir?", fragte sie. Er stand auf, sie wartete, bis er ihren Stuhl nahm. „Angenehmen Abend, Madame, Monsieur", grüßte Pierre die beiden zum Abschied. Lars kramte all seine gute Erziehung zusammen, er bot Gudrun den Arm, als sie gemeinsam die Treppe in den ersten Stock hochstiegen. Gudrun reichte ihm die Zimmerkarte, als sie vor der Türe ankamen.

Chambre 5

Lars öffnete, ließ sie vorausgehen, folgte ihr. Sie betrat den geschmackvoll eingerichteten Raum, mehr eine Suite als ein Zimmer, füllte ihn augenblicklich mit ihrer Präsenz aus. Lars betrachtete sie, er konnte in ihr mühelos Annika sehen, wenn er wollte. Die Haltung, der Gang, die Figur, der Ausdruck unbändigen Stolzes und unbeugsamen Willens. Bei Gudrun vielleicht ein wenig reifer, milder, diplomatischer. Sie machte sich an der Stereoanlage zu schaffen, schien sie mit ihrem Musikdienst auf dem Mobiltelefon zu koppeln, bald war der Raum mit angenehmer Hintergrundmusik erfüllt.

Gudrun drehte sich um, sah im geradeaus in die Augen, streckte ihm beide Hände mit den Handflächen nach oben entgegen. „Möchtest du mit mir schlafen, Lars?" Sie fragte das so, wie wenn es um noch ein Glas Wein ginge. Lars hatte irgendwie das Gefühl, dass das eine Art von Test war. Gudrun war äußerlich kühl, doch eine Art von Glitzern lag in ihren Augen, bis sie sie plötzlich niederschlug. Er achtete auf die Details, sie konnte nicht ganz verhindern, dass ihre Hände leicht zitterten. Ihre steifen Nippel drückten sich durch ihre dünne Bluse.

Lars war erst ein wenig befangen. Der Umstand, dass eine 20 Jahre ältere Frau ihm nicht mütterlich-asexuell begegnete, sondern ihre Lust auf ihn offen zur Schau stellte, war ihm nicht vertraut. Doch gleichzeitig spürte er deutlich, wie sehr ihn die Vorstellung erregte, dass diese so kühle, beherrschte Frau auch eine leidenschaftliche, eine geile Seite hatte.

Schließlich ergriff er ihre Hände. Alles oder nichts, dachte er, mehr als rauswerfen kann sie mich nicht. „Das möchtest du nicht, Gudrun. Aber möchtest du, dass ich dich ficke?" Lange Sekunden vergingen. Gudruns Hände zitterten ein wenig stärker, doch plötzlich war sie ganz ruhig. Sie schlug die Augen wieder auf und sah ihn voll an. „Du musst schon ein anständiges Mannsbild sein, wenn du meine Tochter gebändigt hast. Ja, doch, fick mich bitte."

Die Runde war einmal an ihn gegangen, aber er verfiel nicht in den Fehler, die Frau zu unterschätzen. Sie war nicht devot, sie wollte nur ein wenig spielen. „Zieh dich aus, ich find das viel geiler", sagte er leichthin und begann, sein Hemd aufzuknöpfen. Da war es wieder, das Amusement in Gudruns Augen, doch für den Augenblick machte sie mit. „Ja, fummeln ist mehr was für Teenies." Sie legte ihre Bluse ab und schlüpfte dann aus ihrem Rock. Gudrun hatte auch in ihrem Alter noch die gleichen kleinen festen Brüste wie Annika und brauchte keinen BH, statt eines String Tangas trug sie allerdings einen schwarzen, durchbrochenen Slip. Sie wartete, bis Lars auch nur mehr in seinen Boxershorts vor ihr stand. Die Spannung zwischen ihnen war zum Greifen, sie maßen einander mit Blicken. Er hielt den Rapport zu ihr, griff sich an die Taille und zog sich die Shorts vollkommen ruhig und ungeniert herunter, sein Schwanz war schon halbsteif und stand ein wenig ab. Gudrun zog sich nahezu zeitgleich den Slip mit beeindruckender Eleganz über die langen Beine herunter und stieg heraus, ohne ein einziges Mal den Blickkontakt zu Lars zu unterbrechen.

Er taxierte sie, ihr Körper war makellos, tadellos rasiert, ein Hauch von ihrem Parfum drang an seine Nase. „Darf ich dich berühren?", fragte Lars. Gudrun schaute erst ein wenig irritiert, bis sie sich erinnerte, was ihre Tochter ihr über Sexual Consent erzählt hatte. Sie wusste nicht, was sie davon halten sollte, hatte sich aber gemerkt, welche Antwort Annika sich zurechtgelegt hatte. „Ja, brauchst nichts mehr zu fragen", antwortete sie. Sie legte sich ein wenig seitlich auf das große Bett. „Na dann komm her." Lars legte sich entspannt an ihre Seite. Lars war nicht sonderlich dominant und mochte ihre unprätentiöse Art, ihm recht deutlich anzuzeigen, was sie wollte, bald waren sie in einem langsamen, zärtlichen, weltvergessenen Liebesspiel verschmolzen, das schließlich damit endete, dass sie unter seinen immer härter und schneller werdenden Stößen keuchend eine nicht enden wollende Serie von Orgasmen erlebte, bis er sich endlich tief in sie ergoss. Lars rollte von ihr herunter, sie blieben eine lange Weile einfach keuchend nebeneinander liegen, hielten einander an den Händen, spürten dem eben Erlebten nach, während sie der ruhigen Musik lauschten.

„So, ich denke, jetzt brauchen wir erst mal noch etwas zu trinken. Champagner vielleicht?" „Ich bin dabei", meinte Lars. Sie griff zum Zimmertelefon. „Oui? - Chambre 5. - Une bouteille de champagne, s'il vous plaît. - Oui, Veuve Clicquot est bon. Et de l'eau, s'il vous plaît. - Oui, avec du gaz. - Merci beaucoup." Sie wandte sich wieder Lars zu. „Wird ein bisschen dauern. Derweil eine Zigarette?" Sie wartete seine Antwort nicht ab, griff nach einer Packung auf dem Nachttisch und rauchte sich eine an. Nach einem tiefen Zug bot sie sie Lars an. Er nahm sie, inhalierte ebenfalls tief und reichte sie zurück. Das Leben konnte es schon gut mit einem meinen, dachte er bei sich.

Wie Lars erwartet hatte, machte sie sich nicht die Mühe, sich anzuziehen, als es an der Zimmertüre klopfte. Der Zimmerkellner wirkte allerdings nicht sonderlich überrascht, er schien derlei Extravaganzen gewohnt zu sein. Lars entging allerdings nicht sein taxierender Blick, bis er den Mann im Bett bemerkte. Sein Ausdruck wurde sofort wieder geschäftsmäßig, er stellte das Tablett mit dem Sektkühler, der Wasserflasche, und den Gläsern auf den niedrigen Tisch zwischen den beiden Lehnstühlen. „Haben Sie sonst noch Wünsche, Madame?" „Sie dürfen sich 5 Euro auf die Rechnung dazuschreiben, aber danke, das wäre alles. Lars, schenkst du uns ein bitte?" Sie drehte dem verdutzten Mann einfach den Rücken zu und beachtete ihn nicht weiter. Lars, der an der Situation sein Vergnügen hatte, stand auf, achtete darauf, dass der Kellner seinen Schwanz eine Weile gut sehen konnte, bevor auch er ihm den Rücken zudrehte und sich der Champagnerflasche widmete. Kurz darauf fiel die Türe ins Schloss, der Kellner war verschwunden.

„Immer wieder vergnüglich. Obwohl, wäre ich allein gewesen …" Gudrun hielt die Zigarette immer noch in der Hand und nahm einen letzten tiefen Zug, bevor sie sie ausdämpfte. „Hättest ruhig zugreifen können", antwortete Lars und lächelte ein wenig. Ihre Augen blitzten momentan wieder auf. „Der läuft mir nicht davon, wenn ich ihn möchte", gab sie verschmitzt zurück. Lars antwortete nicht, sondern reichte ihr eines der frisch eingeschenkten Gläser. „Auf dein Wohl", sagte er und prostete ihr mit dem seinen zu. „Und deines", antwortete sie. Sie tranken schweigend. Gudrun behielt ihr Glas in der Hand und trat durch die geöffneten Türen auf den großen Balkon ihres Zimmers. Der Ausblick war überwältigend. „Komm", sagte sie einfach. Gemeinsam standen sie an der Brüstung und beobachteten, wie die blutrote Sonnenscheibe in das still daliegende Meer herabsank und schließlich hinter dem Horizont verschwand. Lars schauderte ein wenig, als sie ihre Hand sachte über seinen Rücken gleiten ließ, genoss das Prickeln und die körperliche Erregung, die diese unglaubliche Frau so mühelos in ihm aufbaute. Schließlich nahm er seinen ganzen Mut zusammen und legte seine Hand sachte auf ihren Po. Sie drehte sich nach einer kleinen Weile zu ihm und schenkte ihm ein strahlendes Lächeln.

„Darf ich das als ein ‚bereit für die zweite Runde' nehmen?", fragte sie. Diesmal lag nicht ein Hauch Spott in ihrer Stimme. „Madame", antwortete Lars und bot ihr den Arm. „Danke, das lohnt kaum", lehnte sie ab und ging ins Zimmer voraus. Sie drückte auf einige der Lichtschalter, die neben der Türe angebracht waren, bis das Zimmer in stimmungsvolles gedämpftes Licht getaucht war. „Und jetzt komm her", sagte sie lächelnd zu ihm, während sie rückwärts auf das große Bett zuging und sich breit hinlegte. Es war nicht schwierig zu erwarten, was sie wollte, Lars kniete vor ihr nieder und begann sie hingebungsvoll zu lecken. Sie war noch sehr feucht, es erfüllte Lars mit einer Mischung aus Abscheu und tierischer Geilheit, dass er ihr sein eigenes Sperma aus ihr herausleckte und ihr dabei Lust bereitete.

„So, jetzt brav hinlegen." Lars machte es sich auf dem Rücken bequem, und Gudrun kam im Kniestand auf ihn zu. Bald zeigte sich, wie viel Intuition und Erfahrung diese Frau hatte, sie hatte seinen Schwanz tief im Mund und kontrollierte doch mühelos seine Geilheit. Ohne ihn zu verlieren, drehte sie sich neben ihm auf dem Bett um und schob sich in 69er Stellung auf seinen Körper. Es raubte ihm nahezu den Atem, dass sie ihr Becken so absenkte, dass sich ihre Grotte genau auf seinen Mund und seine Nase legte. Er umfasste also mit beiden Händen ihre Hüften und versenkte seine Zunge tief in ihrer nassen Spalte.

Sie zwang ihn mit der größten Natürlichkeit dazu, sich ihr vollkommen hinzugeben, quälend langsam trieb sie ihn mit ihren Lippen und ihrer Zunge durch Himmel und Hölle, während sie immer wieder kam und sein Gesicht mit ihrem Liebessaft überflutete, bevor sie es endlich provozierte, dass er mit seinem heißen Sperma tief in ihren Mund spritzte. Sie rollte von ihm herunter, sah ihm lächelnd in die Augen, spielte ein wenig damit herum, bevor sie es einfach schluckte.

Der Tag geht zu Ende

Als Petra und Frank zum Zelt zurückkamen, war es bereits weit nach Mitternacht. Sie waren am Nachmittag in der nahen Ortschaft bummeln gewesen. Nach einem späten Abendessen waren die beiden noch an der Marina bei Musik, Tanz, Zigaretten und Drinks hängen geblieben.

Petra spähte vorsichtig in ihr Zelt. Annika lag alleine in ihrer Koje und schlief bereits. Sie drehe sich zu Frank um, legte ihm die Arme zärtlich auf die Schulten: „Danke für den wunderschönen Abend, Frank, aber lass mich jetzt bitte allein. Ich bin müde und möchte auch Annika nicht stören. Ich wünsche dir eine gute Nacht." „Schon okay, Süße", flüsterte der zur Antwort. „War ein langer und geiler Tag, wir haben wohl beide ein bisschen Schlaf nachzuholen." Er machte sich von Petra los, ging die paar Schritte zum Zelt der Jungs und war gleich darauf drinnen verschwunden. Petra schloss die Eingangsklappen, ließ auf dem Weg nach hinten einfach ihr Gewand auf den Boden fallen und war zwei Minuten später in ihrer Koje tief und fest eingeschlafen.

Sie verpasste um ein paar Minuten Lars, der etwas erschöpft, aber vollkommen befriedigt den Weg vom Château herauf zu Fuß zurückgelegt hatte. Lars traf gerade noch Frank wach an, doch beide krochen in ihre leichten Sommerschlafsäcke, wünschten sich nur mehr eine gute Nacht und löschten das Licht.

Mittwoch

Tarek

Petra schreckte aus ihren Tagträumen auf, als sie eiskalte Wassertropfen auf ihren Beinen spürte. Sie hatte im Shop an der Marina ein paar Kleinigkeiten eingekauft und schlenderte auf dem Rückweg gerade einen kleinen Umweg durch die Gassen voller Zelte und Wohnwägen. Der spitze Schrei, den sie unwillkürlich ausstieß, veranlasste den Mann, das Wasser abzustellen, der gerade mit einem Schlauch sein Wohnmobil abspritzte.

Petra schaute genauer. Das Gesicht kam ihr bekannt vor, dazu der trainierte schlanke Körper, der dunkle Teint, das krause Haar, der markante Schnurrbart. Konnte es sein? „Tarek?", fragte sie schließlich halblaut und schob ihre Sonnenbrille auf die Stirn. Der Mann, der eigentlich nur zur Seite getreten war, um sie vorbeizulassen, drehte sich jetzt zu ihr um. Sekunden des gegenseitigen Wiedererkennens. „Petra?"

Sie brauchten beide eine Weile, bis sie sie Unwahrscheinlichkeit dieses Zufalles realisierten. Obwohl Petra ihren Vater nur selten sah und die letzte Begegnung sicher schon über ein Jahr her war, hatten die beiden ein gutes Verhältnis zueinander. So ließ sie sich willig in Tareks ausgebreitete Arme ziehen, die dieser mit einem breiten Lächeln um sie schloss. Er drückte sie erst eine Weile, dann schob er sie wieder von sich. „Lass dich anschauen, Mädchen. Bist du mit deinem Mann da? Was machst du immer? Wieso bist du hier?" Petra schwirrte der Kopf vor so vielen Fragen auf einmal, außerdem bemerkten sie, dass sie mitten auf dem Fahrweg standen und schon zwei Wagen hinter ihnen warteten. „Pardon", rief Tarek in Richtung des ersten Fahrers und zog Petra mit sich auf die Parzelle, auf der sein Wohnmobil stand. „Möchtest du Kaffee? Ich muss dich unbedingt Yvonne vorstellen." Ehe sie es sich versah, hatte er Petra um die Ecke vor seinen Wohnwagen gezogen, wo eine schlanke, dunkelhaarige Frau – sie mochte vielleicht Ende 30 sein – nackt auf einem Liegestuhl saß.

„Yvonne, stell dir vor, wer mir zufällig auf der Straße über den Weg gelaufen ist? Das ist Petra, mein Kind, das ich in Deutschland habe. Petra, das ist Yvonne, meine – wie sagt man – Lebensabschnittspartnerin?" Yvonne ließ sich nicht aus der Ruhe bringen. Sie ließ das Magazin sinken, in dem sie geblättert hatte, schaute vollkommen unbefangen lächelnd auf. „Danke für die Vorwarnung, Tarek. Würdest du mir bitte mein Strandkleid bringen?" Tarek schaute erst verdutzt, dann amüsiert. „Oh Pardon Cheri, natürlich, sofort." Yvonne stand derweil leichtfüßig auf. „Na dann, willkommen Petra. Ich hoffe, du entschuldigst die Umstände, dein Vater ist ja ein Meister der Inszenierung." Tarek war mittlerweile mit Yvonnes Kleid gekommen, sie schlüpfte mit einer eleganten Bewegung hinein. Petra konnte sich nicht mehr halten und prustete laut los.

Bald mussten alle drei herzlich lachen. Yvonne sagte schließlich: „Gut, also von vorn. Du bist Petra aus Deutschland, Tarek ist dein Vater, und ihr habt euch rein zufällig hier auf der Straße getroffen? Habe ich das jetzt so weit? Gibt es jetzt noch etwas, was ich nicht weiß?" Ihr Akzent verriet sie als Französin, doch ihr Deutsch war hervorragend. „Ähm, ja, er hat gerade das Wohnmobil gereinigt, und ich wurde ein wenig nass, weil ich nicht auf den Weg schaute." „Du meinst, weil er wie immer nicht auf seine Umgebung achtete", antwortete Yvonne lächelnd. „Na dann, willkommen Petra, können wir dir einen Kaffee anbieten, oder bist du anderweitig verpflichtet?" „Nein nein, gern, ich sag nur meiner Schwester Bescheid, dass die Brötchen ein bisschen später kommen." „Schwester? Tarek, hast du mir noch etwas zu erzählen?" Yvonnes Ausdruck wurde immer amüsierter. „Nein, sie ist meine Halbschwester, sie ist das Kind von Gudruns früh verstorbenem ersten Mann." Yvonne nickte, sie konnte sich zusammenreimen, wer Gudrun war. „Na dann gib ihr Bescheid, und sag dazu, wenn sie Hunger hat, ist sie auch herzlich willkommen." Petra drückte eine Weile auf ihrem Mobiltelefon herum. „Ja, sie ist in 20 Minuten da", sagte sie schließlich.

Tarek kam soeben mit einer Kaffeepresse voller frischem Kaffee heraus und schenkte drei Becher voll. „Du kannst gleich noch eine Kanne hinstellen, Petras Schwester wird auch gleich hier sein. Pardon, Semi-Schwester", lächelte sie. „Wer, Annika?", fragte Tarek nach, und Yvonne sah ihn sehr prüfend an, als sie fast unmerkliche Veränderung seiner Gesichtszüge sah. „Ja, und Gudrun ist auch hier, sie wohnt aber im Château." Petra, die stets ihr Herz auf der Zunge trug, hielt nichts von Heimlichtuerei. Und schließlich waren sie hier auf einem Swingercamp, sie glaubte eigentlich nicht, dass irgend etwas davon diese Yvonne sonderlich erschüttern konnte. Und so war es dann auch.

„Tja, Tarek, da holt dich jetzt deine ganze Vergangenheit auf einmal ein. Hast du Glück, dass du dir eine Frau gefunden hast, die das aushält." Sie wandte sich Petra zu, „Ich freue mich wirklich, dich kennenzulernen. Ich habe manchmal eine sehr direkte Art, aber bitte lege das nicht auf die Goldwaage, ich meine es nie böse." Sie lächelte Petra entwaffnend an, die die Situation immer noch ein wenig verwirrte und überforderte. Wo war Annika? Die war aus demselben Holz geschnitzt wie offenbar die beiden. Ah, da kam sie ja endlich …

„Bon jour." Yvonne blickte erstaunt auf, als die blonde junge Frau auf ihre Parzelle einbog, die sie schon eine Weile aus dem Augenwinkel beobachtete. Puh, das war eine andere Liga. Sie sah sofort die selbstbewusste Haltung, den Stolz, den unbeugsamen Willen, der sich noch hinter der dunklen Sonnenbrille verbarg. Sie suchte den Blickkontakt zu der jungen Frau. Die fing das Signal auf und schob sich die Sonnenbrille mit einer bestens einstudierten Bewegung auf die Stirn. Yvonne stand auf. „Bon jour. Du musst Annika sein, die Halbschwester von Petra?" Innerhalb von Sekundenbruchteilen lief ein nonverbales Taxieren zwischen den beiden Frauen ab, das mit einem gegenseitigen „Schilde herunter" endete. Ein strahlendes Lächeln zog auf Annikas Gesicht auf. „Und du bist die Freundin von Petras Vater?" „Yvonne, ja, und ihr Deutschen nennt es wohl Freundin." „Wie nennst du es?", fragte Annika zurück. Yvonne sah sie prüfend an. Nein, nicht aggressiv, nur direkt. „Lebenspartnerin, nicht exklusiv. Ich denke, damit ist alles gesagt", gab Yvonne ebenso ruhig zurück. Annika sah ihr voll ins Gesicht. „Na dann, freut mich, dich kennenzulernen. Tarek bin ich ja immer wieder mal im Haus meiner Mutter begegnet. Hallo Tarek." Tarek setzte an, auch Annika zu umarmen, doch ließ es dann aufgrund deren offensichtlicher Körpersprache bleiben. „Hallo Annika, schön, dich wiederzusehen." Yvonne verstand, da war wohl etwas gewesen, was Annika momentan unangenehm war. „Und guten Morgen, Petra. Auch wenn es nicht angekommen ist – danke fürs Frühstückholen."

„Na dann setzt euch mal alle, schenkt euch Kaffee ein, und dann erzählt mir eure Geschichte von vorn." Yvonne hatte zwar den Eindruck, sie bereits zu kennen, aber sie war daran interessiert, wie jetzt wer was erzählen würde. Eine halbe Stunde später war sie im Bilde. „Und was machst du dann ohne deinen Mann hier, Petra?", fragte sie schließlich nach. Petra war froh, sich auch diese Frage schon eine Antwort zurechtgelegt zu haben. „Es gibt auch verheiratet, nicht exklusiv", sagte sie in Anspielung auf Yvonnes eigene Rollenbezeichnung. „Mein Mann ist doppelt so alt wie ich und …" sie brach ab. „… interessiert sich mehr für Aktien und Golf als für seine junge Frau", setzte Annika fort. Sie genierte sich ein wenig, als sie Yvonnes tadelnden Blick dafür auffing. Doch Petra überging diese Bemerkung ihrer Schwester. „… und wir lassen einander in der Beziehung gewisse Freiheiten", sagte sie schließlich. Annika beschloss, sich hier ein wenig zurückzunehmen. Diese Yvonne gehörte zu den wenigen Frauen, die ihr ebenbürtig schienen. Wie Mama, seufzte sie still in sich hinein. „Entschuldige bitte, Petra", sagte sie ein wenig kleinlaut, was ihr immerhin einen dankbaren Blick von dieser und einen anerkennenden von Yvonne einbrachte.

Das Gespräch plätscherte noch eine Weile, doch langsam entstand der Eindruck, dass alle irgendwie etwas anders vorhatten und auf eine Gelegenheit warteten, sich höflich, aber doch zu verabschieden. Ein Kinderspiel für Yvonne, das zu bereinigen. „Wir haben doch wohl alle schon Pläne für heute, aber warum treffen wir uns nicht einfach morgen zum Abendessen? Ich bin sicher, Gudrun kann sich auch frei machen, und ihr könnt eure …" Yvonne stutzte ein wenig, suchte nach dem richtigen Wort. „… eure Bekanntschaften auch mitbringen, wenn ihr hier welche gemacht habt. Wollen wir unten im Château auf der Terrasse essen? Ich bin sicher, man kann uns einen größeren Tisch zusammenstellen, oui?"

„Gute Idee", sagte Annika. „Ich sage Gudrun Bescheid, ich werde sie wohl heute noch sehen. Was die Bekanntschaften betrifft, lassen wir das mal auf uns zukommen." Sie lächelte verschmitzt. „Freut mich, dich kennengelernt zu haben, Yvonne. Tarek." Sie verneigte sich knapp. „Sis, du findest den Weg. Au revoir, und danke für das Frühstück, ihr beiden." Damit schob sie sich die Sonnenbrille auf die Nase und legte einen bühnenreifen Abgang hin. „Warte doch", rief Petra ihr nach, winkte den beiden zum Abschied und lief Annika nach. „Bis morgen."

Yvonne blickte den beiden noch eine Weile lächelnd nach, bis Tarek an ihre Seite trat. „Du hattest mal was mit ihr, nicht wahr?", sagte Yvonne unvermittelt. „Aber einem von euch beiden hat das nicht gut bekommen. Wer war es?" Tarek schwieg eine Weile. „Eigentlich weder-noch. Gudrun hat das abgestellt, als sie dahinterkam." „Sie hatte sicher einen guten Grund?" Tarek schwieg wieder. „Zumindest hat sie es damals so gesehen", sagte er dann schlicht. Yvonne drang nicht weiter in ihn, er würde es ihr erzählen, wenn er so weit war.

Männergespräch

„Na was dich betrifft, Frank, da habe ich mich wohl getäuscht." Frank und Lars saßen in der heißen Morgensonne vor ihrem Zelt. Sie schlürften beide an ihrem heißen Kaffee und rauchten ihre Morgenzigaretten. Sie hatten soeben beobachtet, dass Annika sich zurechtgemacht hatte, ihnen ein rasches „Guten Morgen" zugewinkt und den Platz verlassen hatte. Petra war nirgendwo zu sehen.

„Ja, heute möchten wir einen Ausflug in die Camargue machen", antwortete der Angesprochene. „Wir haben herausgefunden, dass sie ebenso leidenschaftliche Reiterin ist wie ich, wir haben schon ein Gestüt gefunden, das uns für den Nachmittag Pferde leiht. Aber wo warst du eigentlich gestern abend, so fesch und alles?"

„Eine unerwartete Wendung. Ihre Mutter hat mich zum Abendessen eingeladen", antwortete Lars, und sein Blick verklärte sich bei der Erinnerung. „Abendessen Plus, nehme ich an." Frank musste seine Frage wiederholen, bis er Lars' Aufmerksamkeit wieder hatte. „Plus, ja, das kann man so sagen. Plus plus eher." „Und weiß das Annika?" „Ich nehme an, noch nicht, aber Gudrun wird ihre Wege finden, sie das wissen zu lassen. Die beiden scheinen sich hier gegenseitig gewaltig unter Druck zu setzen, wer die coolere und Verficktere ist."

„Na dir kann es ja nur recht sein", konstatierte Frank nüchtern. „Aber das beantwortet nicht die Frage, wo die beiden Schwestern hin sind. Wir sollten in einer halben Stunde fahren, und Petra ist verschwunden." „Abwarten", riet Lars. „Fahrt ihr mit ihrem Wagen?" „Ich nehme es an, wir wollen uns das Fahren teilen, und Petra mag lieber, was sie gewohnt ist." „So wie dich, ja", ätzte Lars. „Mir ist es recht so. Sie lastet mich für diese Woche mehr als genug aus. Aber sieh mal, da kommen sie ja schon, die beiden."

Reden?

Lars und Annika kamen nicht umhin, nebeneinander zu stehen und dem abfahrenden Wagen nachzuschauen, nachdem sie sich von ihren Geschwistern verabschiedet hatten. Es war, als ob keiner von den beiden den Anfang machen wollte, das Schweigen zwischen ihnen zu brechen, andererseits aber auch keiner einfach davongehen. So standen sie eine Weile da, Lars trug mittlerweile Shorts, Annika war noch in dem kurzen Kleid, das sie sich für das Frühstück bei Tarek übergezogen hatte.

„Reden?", fragte er schließlich einfach. Annika hatte wohl eine Sekunde zu lange gewartet, dasselbe zu fragen, nun hatte er es geschafft, ihr die Entscheidung umzuhängen. Nun gut. „Ja, aber schaffen wir es offen und ehrlich?", fragte sie zurück. „Wenn du das möchtest? Wir werden vielleicht beide nicht alles gern hören, was wir einander zu erzählen haben." Annika war sich in diesem Augenblick sicher, dass er gestern Abend mit ihrer Mutter zusammen gewesen war, die Indizien, vor allem gewisse zeitliche Zusammenhänge, hatten sie schon gestern zu dem Schluss kommen lassen. Sie überlegte: Wirklich verletzen konnten sie einander wohl nicht mehr so leicht.

„Anders geht es wohl nicht mehr. Aber gehen wir ein Stück, im Gehen redet es sich leichter." Lars holte sich rasch Schuhe aus seinem Zelt, dann bogen sie auf die Fahrstraße ein. Recht unvermittelt begann Annika über ihre Nacht in der Stadt zu sprechen. Lars hörte ihr einfach zu. Er mochte diese junge Frau, aber so sehr er in diesem Augenblick in sich hinein spürte, er konnte keine Eifersucht empfinden. Irgendwann mitten in der Erzählung schob sich Annikas Hand in die seine. Einen kurzen Moment lang hatte er das Gefühl, dass sie hinter ihrer selbstsicheren Fassade in diesem Augenblick sehr verletzlich war. Als sie geendet hatte, blickte sie ihn mit feuchten Augen an, so wie wenn sie jetzt den Tadel eines Lehrers erwarten würde.

Auch wenn er sie mochte: Diesen Gefallen würde er ihr nicht tun. „Einmal wieder Teenie sein, was?", fragte er leichthin, doch ihre Reaktion überraschte ihn. Sie hatte Mühe, nicht auf der Stelle in Tränen auszubrechen. Die beiden hatten mittlerweile den Strandbereich hinter der Marina erreicht, der mit Bänken und Liegebetten möbliert war. Am Abend war das die Gegend, wo sich die trafen, die gesehen werden wollten, doch im Augenblick war der Strand nahezu menschenleer. „Setz dich", sagte er zu ihr, „und red weiter. Immer weiter hinunterschlucken hilft nicht." Annika setzte sich gehorsam neben ihn auf den Rand eines der Betten. „Teenie war das Stichwort", sagte sie schließlich leise. „Als Teenie war ich überhaupt nicht so. Erst nach meiner ersten großen Liebe …" Nach und nach sprudelten die Worte aus ihr heraus, die Sache war wohl nahezu zehn Jahre her. Auf einem der Besuche ihres Stiefvaters hatte sie sich wohl in ihn verguckt, und er hatte nicht widerstehen können, mit ihr eine kleine Affäre anzufangen, während er bei ihrer Mutter zu Gast war. Er war ihr erster Mann, doch die Sache ging keine vierzehn Tage, bevor Gudrun davon Wind bekam, energisch einschritt und Tarek ersuchte, ihr Haus zu verlassen. Zwischen Tarek und Gudrun war die Sache zwar einige Jahre später ausgeredet worden, doch hatten die beiden von da an nur mehr ein freundschaftlich-distanziertes Verhältnis. Zwischen Gudrun und Annika war die Sache aber keineswegs bereinigt, sondern nur gut verpackt und sicher verstaut.

„Und heute hat mich das noch dazu ziemlich unvorbereitet wieder eingeholt, Petra ist beim Frühstückholen über Tarek gestolpert, wir waren dann kurz beim Wohnwagen bei ihm und seiner neuen Freundin. Und das genau am Morgen, nachdem …" „Nachdem, was?", fragte Lars nach, der momentan auf der Leitung stand. Sie straffte sich plötzlich. „Na, wo kannst du gestern Abend schon groß gewesen sein? Befreie mich wenigstens vom letzten Zweifel." Lars nahm behutsam ihre Hand, sie zitterte heftig. Doch es musste wohl sein. „Ja, ich war gestern mit Gudrun essen, und wir hatten danach Sex. Geilen Sex." Um Annikas Fassung war es momentan vollkommen geschehen, sie brach heftig in Tränen aus. Lars hielt erst einfach ihre Hand, doch dann ließ sie es zu, dass er sie in die Arme nahm, eine Weile weinte sie an seiner Brust wie ein kleines Mädchen.

Doch es wäre nicht Annika gewesen, wenn dieser Zustand lange angedauert hätte. Sehr bald ging ein Ruck durch sie, sie machte sich von ihm los, wischte sich mangels Taschentuch die Tränen mit den Fingern ab, verschmierte dabei hoffnungslos ihren Eye-Liner. Doch das konnte die Glut nicht zudecken, die sie plötzlich in ihren Augen hatte. „Und jetzt zieh dich aus und fick mich endlich wieder mal, Lars", sagte sie recht unvermittelt, „Hier?", fragte er, doch sie hatte sich schon ihr Kleid über den Kopf gezogen. „Das ist doch der Ferkelstrand, oder nicht?", fragte sie.

Lars ließ sich nicht lange bitten, stand auf und streifte sich ebenfalls seine Shorts ab. Er hatte zwar noch nie öffentlichen Sex gehabt und war ein wenig in Sorge, ob sein Körper mitspielen würde, doch angesichts Annikas spürbarer Erregung und ihrer Lippen, die sich nahezu augenblicklich um seinen Schwanz schlossen, erwies sich diese Sorge als vollkommen unbegründet. Da war keine Liebe, da war nur Routine und Geilheit. Sie blies ihn steif, legte sich dann einfach breit auf den Rücken und sagte nur „mach". Er ließ sich nicht mehr bitten, schob sich auf sie, sie war bereits klitschnass, er drang mühelos in sie ein, und bald hatten sie die Welt rund um sich vergessen. Ein paar Minuten später lagen sie heftig keuchend nebeneinander. „Besser?", fragte Lars schließlich nach. „Ja, viel besser."

Das Leben ist allerdings kein billiger Roman. Die Welt um sie hatte von ihnen kaum Notiz genommen, es standen nicht zwanzig Leute um das Bett, niemand applaudierte. Das ältere Paar, das als einziges bei ihnen vorbeigekommen war, hatte nicht einmal sein Gespräch unterbrochen.

In die Camargue

Es dauerte den besseren Teil einer Stunde, bis sie von der Autobahnabfahrt Montpellier durch die zauberhafte Landschaft der Camargue endlich den Reiterhof erreichten. Petra bog die Einfahrt in das alte Gemäuer ein und parkte den Wagen im Hof. „Bienvenue" stand über einer der Türen, die beiden traten neugierig ein. Eine gertenschlanke Frau, vielleicht Mitte 40, in Reiterdress, ihr blondes Haar straff zurückgebunden, blickte von ihrem Schreibtisch auf. „Petra und – Frank, vermute ich?" Sie sprach mit starkem französischen Akzent. „Oui, je suis Petra", bemühte sich Petra um eine höfliche Antwort, die Frau lächelte. „Ich bin Nina. Wir können Deutsch sprechen, ich habe viele deutsche Gäste hier. Herzlich willkommen." „Hallo Nina", sagte nun auch Frank.

„Ihr möchtet Pferde leihen, um allein die Gegend zu erkunden?" Nina taxierte die beiden. „Darf ich offen sein? Wie viel Erfahrung habt ihr mit Pferden und Reiten?" Petra lächelte: „Ich bin seit 15 Jahren Mitglied im örtlichen Reitverein Starnberg, einiges an Turnieren gegangen und habe auch das ein oder andere gewonnen", antwortete sie stolz. „Frank hat erst vor einigen Jahren begonnen, aber immerhin hat er auch den deutschen Reitführerschein." Sie schickte sich an, in ihrer Tasche nach Dokumenten zu kramen. Nina nickte. „Ach lass mal, ich glaube dir schon", sagte sie. „Können wir es so machen, dass wir Pferde für euch aussuchen, ich gehe dann mit euch eine kleine Runde, so ein Viertelstündchen, und wir sehen, wie ihr zurechtkommt?" Sie sah die beiden eine Weile an. „Wenn ihr möchtet, kann unsere Küche euch derweil ein kleines Picknick richten, und ich zeige euch dann, wo ihr ungestört seid, wenn ihr das möchtet."

„Ja klar", sagte Petra, „mir ist auch lieber, ich kann das Pferd erst ein bisschen kennenlernen, bevor wir losreiten. Was meinst du, Frank?" „Ja sicher", sagte der. „Ihr bleibt in Shorts und Turnsschuhen, oder wollt ihr Hosen und Stiefel?", fragte Nina nach. „Nö, wir bleiben so." Was Nina angesichts des schönen Wetters gut verstehen konnte, sie gab den beiden jedoch Reiterkappen mit. „Tragt sie wenigstens, bis ihr außer Sichtweite seid", sagte sie verschmitzt. Sie mochte die beiden.

Sie griff zum Telefon und sprach einen Schwall schnell gesprochener französischer Wörter hinein. Eine zweite Nummer, ein zweiter Schwall. „So, kommt mit", sagte sie dann freundlich. Sie traten auf den Hof hinaus und schlenderten Richtung der Stallungen. Es dauerte nicht lange, bis drei bereits gesattelte Pferde gebracht wurden. „Petra, das ist Tatjana für dich." Nina reichte ihr die Zügel. „Frank, das ist Claire. Ich habe euch zwei leicht zu reitende Stuten ausgesucht, ich hoffe, das ist okay." „Ja sicher", sagte Petra, „wir wollen heute kein Turnier gewinnen." Nina beobachtete, wie sich die beiden sicher und kompetent am Sattelzeug zu schaffen machten, den richtigen Sitz kontrollierten, die Steigbügel ein wenig nachstellten. Beide setzten brav den Helm auf und stiegen leicht und sicher auf. Sie selbst stieg auf das dritte Pferd. „Kommt", sagte sie, und schon ging es im Schritt zum Hoftor hinaus.

Sie führte die beiden entlang eines schmalen Kanals, trabte an. „Alles gut?", fragte sie nach hinten, die beiden waren dicht auf. Einen Kilometer weiter ging es links über eine schmale Brücke, dann war eine wenig befahrene Straße zu queren. Die beiden waren immer noch dicht hinter ihr. Sie entspannte sich, die beiden wussten wohl, was sie taten. Der Weg führte weiter durch hohes Grasland, sie ging wieder flotten Trab, bis sie an einen vielleicht 20 Meter breiten Streifen kamen, der bereits abgemäht war. „Und los", rief Nina und deutete wieder in Richtung des Hofes. Petra verstand und trieb ihr Pferd mühelos in einen leichten Galopp, Frank folgte ihr. Nina beobachtete die beiden, bevor sie ihnen folgte. Ja, sie konnte ihnen die Pferde bedenkenlos überlassen.

Gudrun und Annika

„Übrigens ist uns heute Tarek zufällig über den Weg gelaufen." Gudrun blickte erstaunt von ihrem Krabbensalat auf, Annika, die ihr gegenüber saß, löffelte an einer kalten Gurkenschaumsuppe. „Sind wir jetzt in einem Groschenroman oder wie?", fragte sie zurück. „Ich lese keine Groschenromane, aber Tarek steht mit seinem Wohnmobil hier am Platz. Petra ist beim Brötchenholen direkt in ihn hineingelaufen. Seine aktuelle heißt übrigens Yvonne."

„Und weiter?" Gudrun blieb äußerlich ruhig, aber ihr Verstand lief auf Hochtouren. Was hieß das jetzt? Würden die alten Geschichten jetzt wieder hochkochen, auf die sie damals so mühsam den Deckel gedrückt hatte? Doch vorerst schien das für Annika kein Thema zu sein. „Nichts weiter", sagte sie beiläufig. „Yvonne schlägt vor, dass wir morgen alle gemeinsam zu Abend essen. Ich bin davon ausgegangen, dass du dabei sein möchtest. Die Jungs muss ich erst fragen."

„Ja sicher, danke dass du an mich gedacht hast." Gudruns Reflexe waren noch in Ordnung, das war ohnehin alternativlos, auch wenn sie nicht sehr mochte, wenn ihr Kind sie derart in Zugzwang brachte. Sie war auch sicher, dass das noch nicht alles war, Annikas „Vorschlag", sich zum Mittagessen zu treffen, war ein wenig knapp und auch ein wenig zu beiläufig gekommen.

„Hattest du es übrigens nett gestern Abend? Wir haben noch gar nicht geredet." Annika nahm einen Schluck von ihrem Soda-Zitron und löffelte dann unschuldig ihre Suppe weiter. Heikle Sache. Gudrun wischte sich erst einmal umständlich den Mund ab, griff nervös nach ihrem Weißweinglas, nahm einen Schluck. Sie überlegte kurz, sich selber mit dem Wein anzuschütten, um das Gespräch zu boykottieren, aber mehr als eine halbe Stunde würde sie damit auch nicht gewinnen. Sie entschied sich stattdessen für Angriff.

„Ich nehme an, du bist informiert, sonst würdest du nicht so unschuldig fragen." Gudrun merkte sofort, dass das ein Fehler gewesen war. Annikas Zug war die verdiente Folge. „Ist es dir peinlich? Sonst kann es keinen Grund für ein so plumpes Ausweichmanöver geben, Frau Mama." Gudrun kämpfte um Beherrschung, der Reflex, ihrer Tochter einfach eine zu kleben, war durchaus da.

„Also gut. Ich hatte ein Date mit Lars. Und ja, es hat im Bett geendet. Und was weiter?" Gudrun war wohl nicht auf der Höhe ihrer Form, was aber auch daran lag, dass sie es immer noch nicht schaffte, ihrer Tochter vollkommen auf Augenhöhe zu begegnen. Erwachsen hin und erwachsen her, sie, Gudrun war die Mutter und Annika das Kind. Das war nun mal nicht dasselbe, sagte tief im Inneren ihr Bauchgefühl.

„Nichts weiter. Ich bin ja nicht eifersüchtig, wenn eine andere in mein Revier eindringt. Nicht so wie gewisse andere Personen." Annika winkte dem Kellner, die Suppe abzuservieren. „Noch ein großes Schokoladeneis, bitte. Nimmst du auch Nachtisch, Mama?" „Nein danke, nur einen Espresso", antwortete Gudrun. Annikas pubertäres Kräftemessen verstärkte den Eindruck bei ihr, dass es hier um etwas anderes ging als Lars. Hatte das etwas mit dem plötzlichen Auftauchen von Tarek zu tun? Musste diese alte Geschichte ausgerechnet jetzt und hier wieder an die Oberfläche kommen?

Gudrun hatte damals das Verhältnis zwischen Annika und Tarek rasch und gründlich beendet und Annika gezwungen, ihr Abitur in einem Mädcheninternat abzulegen. Die Folge war gewesen, dass sich Annika drei Jahre lang verschlossen hatte wie eine Auster, bevor sie an der Uni eine junge Frau kennengelernt hatte, die ihr rasch und gründlich vermittelt hatte, wie man sich ohne eigene Verpflichtung ein möglichst großes Stück vom Kuchen namens „Leben" abschneidet, indem man Sex und Liebe trennt und einfach konsumiert, was man kriegen kann. Vor sich selber hatte sie dieses Manöver mit dem jugendlichen Alter Annikas begründet. Insgeheim war sie jedoch schon lange zu dem Schluss gekommen, dass die Maßnahme überschießend war, kaum notwendig gewesen wäre und Annika auch – wohlmeinend formuliert – nicht weitergebracht hatte. Und warum? - Sie selbst war damals schon relativ lange Single gewesen, und ihre Hoffnung, ihre eigene Beziehung zu Tarek reaktivieren zu können, hatte sich durch die Entdeckung schlagartig in Luft aufgelöst, dass er neben ihr auch ihre Tochter fickte. Ganz primitive Eifersucht, wie sie sich heute eingestehen musste. Noch dazu sinnlos, Tarek war auch zu ihr auf Distanz gegangen.

Der Kellner brachte Eis und Kaffee. Gudrun merkte, dass sie hier mit Zeit nichts gewinnen konnte. „Annika, essen wir bitte erst fertig, dann reden wir. Ich glaube, es ist hoch an der Zeit dazu." Ein kurzes Taxieren. Ja, Gudrun meinte offenbar, was sie sagte. „Okay", antwortete Annika und widmete sich mit einer Hingabe ihrem Schokoladeneis, als wäre sie gerade mal zehn Jahre alt.

„Noch einen Cognac, aber bitte kein Eis", orderte Gudrun. „Was trinkst du?" „Noch einen zweiten." Annika war das gleich, sie war neugierig, wie Gudrun es jetzt angehen würde.

„Reden wir über Tarek. Es geht doch nicht um Lars." Annika überlegte kurz eine pubertäre Trotzantwort. Aber Gudrun schien es aufrichtig zu meinen. „Einverstanden", sagte sie knapp. „Lassen wir das drumherum Gequatsche weg, wir haben das schon hundert Mal durchgekaut. Im Grunde muss ich heute zugeben, dass du mit dem Vorhalt nie ganz unrecht hattest, ich hätte aus Eifersucht gehandelt." Annika erschrak fast. Hatte sie richtig gehört? Gudrun riss tatsächlich eine der zentralen Mauern ein, die sie bis heute sorgsam zwischen ihnen aufrechterhalten hatte?

„Schon gut, Mami", sagte Annika sachte. Sie versuchte, mit all den Gefühlen irgendwie fertig zu werden, die gerade auf sie einströmten. Vorsichtig streckte sie ihre Hand aus, ihre Finger berührten sachte die Gudruns. „Ich glaube, du kannst gar nicht ermessen, wie viel mir dieser eine Satz aus deinem Mund bedeutet. Wir können die Vergangenheit nicht ändern, aber wenn es uns jetzt gelungen ist, eine gemeinsame Sicht darauf zu finden, dann ist doch schon viel gewonnen."

Eine Zeitlang saßen die beiden nur so da, sie waren beide zu stolz, hier auf der Terrasse einfach drauflos zu weinen. Schließlich fragte Annika noch nach: „Das, was mir Tarek damals beim Abschied alles gesagt hat: Kam das von ihm, oder hast du ihn dazu gezwungen?" Gudrun schauderte, sie hatte gehofft, dieser Frage auszukommen. Aber es wäre ja nicht Annika gewesen ...

„Nein, Kind. Er hat dich damals aufrichtig geliebt. Ich habe ihn gezwungen, und zwar mit ziemlich unfairen Methoden. Ich kann heute dazu nur sagen, ich dachte damals, dich so vor deinen eigenen Gefühlen schützen zu können. Die Allmachtsphantasien einer überforderten Mutter halt." Annika schluckte. Auf diese schonungslose Offenheit war sie nicht vorbereitet gewesen. Aber andererseits – war das nicht genau das, um das sie Jahre mit Gudrun gekämpft hatte? „Weißt du Mami", sagte sie schließlich. „Du musst eines wissen: Das kann ich jedenfalls viel besser verstehen als alles, was du mir bisher dazu aufgetischt hast."

Gudrun fühlte in diesem Augenblick, dass ihr das letzte bisschen von dem, was sie für mütterliche Autorität gehalten hatte, unwiderruflich entglitt. Sie sah plötzlich ganz klar vor sich: Was Annika schon seit Jahren einforderte, nämlich ein vertrauensvolles Verhältnis auf Augenhöhe – das war nicht mehr und nicht weniger als, was sie einer erwachsenen Tochter schuldig war. Sie dachte darüber nach, warum das bei Petra ganz anders gelaufen war, und es war ihr schlagartig klar: Petra hatte das nie verlangt, sie hatte zu Hause kaum rebelliert und war dann mit nicht einmal 20 einfach ausgezogen. Gudrun fühlte, wie sich in ihr ganz plötzlich etwas unwiderruflich verschob.

„Kann ich in der Sache etwas beitragen, es wieder gutzumachen?", fragte Gudrun schließlich. Annika sah sie lange an. „Ich will dir nicht wehtun, Gudrun, aber nein: Das muss ich mir mit Yvonne und ihm ausmachen." Gudrun war wieder den Tränen nahe. Endlich brachte sie den Satz über die Lippen, der zwischen den beiden schon lange Zeit überfällig war: „Ich hätte dir das schon viel früher sagen sollen, aber besser spät als gar nicht: Flieg, mein kleiner Vogel, was ich dir geben konnte, habe ich dir gegeben, für die Fehler, die ich dabei gemacht habe, bitte ich dich um Verzeihung. Aber was immer es ist, ich werde immer für dich da sein."

Es war ihnen in diesem Augenblick gleichgültig, dass sie mitten auf der Hotelterrasse waren, sie fielen einander in die Arme, hielten sich fest und ließen ihren Tränen freien Lauf. Es dauerte allerdings nicht lange, bis bei beiden gleichzeitig wieder ihr Stolz die Oberhand gewann. Sie sahen einander an. „Reden wir nicht mehr drüber", sagte Annika schließlich, und aus der Art, wie ihre Augen blitzten, konnte Gudrun schließen, dass der weitere Nachmittag auch nicht so geruhsam verlaufen würde, wie sie sich das vorgestellt hatte. „Ich brauche jetzt Ablenkung und Selbstbestätigung. Bist du mit dabei?" Gudrun brauchte nicht lange für eine Entscheidung: Sie hatte in dieser Woche schon mehr Sex gehabt als im halben Jahr davor, und es gefiel ihr nicht übel. „Klar", sagte sie, „aber um die Details musst du dich kümmern." Annika grinste. „Gern. So, erst mal zu dir rauf, duschen und herrichten. Lass dich überraschen."

Am stillen Weiher

Nina hatte ihnen nicht zu viel versprochen. Na gut zwei Stunden Ritt durch die traumhaft schöne Landschaft, vorbei an Koppeln mit Herden von Wildpferden, malerischen Sümpfen mit Flamingos, endlosen Weiden mit hohem Gras, das sich im leichten Wind wiegte, kleinen Tümpeln und Kanälen waren sie schließlich an einem stillen Weiher angekommen. Ein breiter Streifen weiches Gras führte von einem Wäldchen hinunter zur Wasserfläche, zum Teil in der Sonne gleißte, zum Teil im Schatten hoher Bäume am Ufer lag. Sie waren bereits die letzte Stunde keinem Menschen begegnet.

Sie nahmen den Pferden das Zaumzeug und die Satteltaschen ab, die sich sofort in den Schatten der Bäume verzogen und am saftigen Gras zu knabbern begannen. Petra beobachtete sie eine Weile. „Das sind Schulpferde, die gehen wohl ohne uns nirgendwo hin." Petra schaute in die Satteltaschen, es fehlte nichts, sogar an eine dünne Decke hatte Nina gedacht. Petra breitete sie auf einem schattigen Fleckchen aus und beschwerte sie mit ein paar Steinen. „So, erst mal abkühlen", verkündete sie. Sie schlüpfte ohne große Umstände aus T-shirt, Shorts und den Turnschuhen und stürzte sich in die Fluten. Frank folgte ihr, sie plantschten erst eine Weile und schwammen dann eine Runde.

Petra legte sich schließlich nackt, wie sie war, rücklings auf die Decke zum Trocknen, die Beine ein wenig angewinkelt und breit. Frank kniete sich neben sie, streckte sachte seine Hand aus und streichelte sie zärtlich auf dem Unterbauch. Ihre Nippel versteiften sich nahezu augenblicklich. „Kann das Essen noch ein bisschen warten?", fragte er sanft. „Muss es wohl", antwortete sie und schenkte ihm einen liebevollen Blick. Petra hielt beim Sex nicht sonderlich viel von Experimenten, sie liebte es, einfach dazuliegen und langsam und zärtlich genommen zu werden. Frank schob sich also einfach auf sie, sah ihr in die

Augen und drang langsam und vorsichtig in sie ein. Petra schlang ihre Arme und Beine um ihn, sie liebten sich langsam, vorsichtig, zärtlich.

Endlich ging ihr Atem wieder einigermaßen normal, sie lagen beide auf dem Rücken, schauten in die Luft, hingen ihren Gedanken nach. „Jetzt habe ich aber langsam Hunger", brach Petra schließlich das Schweigen. Sie packten die Köstlichkeiten aus, die Nina für sie hatte vorbereiten lassen, und machten sich mit Appetit darüber her.

Jägerinnen

„Und wo gehen wir jetzt hin?", fragte Gudrun, als sie sich fix fertig aufgebrezelt hatten. „Am Ende gar auf diesen Ferkelstrand oder wie das heißt?" Annika sah sie mitleidig an. „Nein, wir beginnen klassisch an der Bar in der Marina. Der Rest ergibt sich dann schon." Ergibt sich dann schon, aha, dachte Gudrun. Sie war jetzt ehrlich neugierig, wie Annika das angehen würde.

Bald saßen sie an der Bar auf zwei hohen Stühlen. Annika hatte mit traumwandlerischer Sicherheit die Plätze mit dem besten Überblick gewählt, zwei Piña Coladas standen vor ihnen. Annika ließ den Blick schweifen. „Die beiden?", fragte sie schließlich leise Gudrun. Zwei Männer, vielleicht Anfang vierzig, die gerade über zwei Bieren plauderten. Würde schon passen. „Wie kommst du gerade auf die?", fragte Gudrun. „Sie sind zu zweit, sie reden miteinander, sie wirken, als ob sie nicht gerade die Boulevardpresse durchkauen, und keine Frauen im Weg. Aber jetzt keine Erklärungen. Blickkontakt ist gefragt." Okay, das konnte Gudrun auch, die zwei waren bald auf die beiden Frauen an der Bar aufmerksam geworden. Sie hoben ihre Biergläser und prosteten ihnen zu, Gudrun und Annika erwiderten die Geste. Der nächste Schritt schien Gudrun nun allzu primitiv, aber es schien zu funktionieren. Annika lehnte sich einfach auf dem Barhocker zurück, sodass sich ihre Titten gut durch ihr Kleid abdrückten und ihre Beine gut zu sehen waren, und neigte den Kopf leicht zur Seite. Die beiden wurden aufmerksam, unterbrachen ihr Gespräch. Schließlich deuteten sie mit einer einladenden Geste auf die beiden freien Stühle an ihrem Tisch. Gudrun blickte Annika zweifelnd an, doch die hatte schon ihr Glas genommen und sich auf den Weg zum Tisch der beiden gemacht. Also gut, Gudrun folgte ihr.

„Bonjour, bienvenue à notre table, belles femmes. Nous sommes Herbert et Franz." Der Akzent war unverkennbar deutsch. „Annika, und das ist Gudrun. Plagt euch nicht weiter, wir sind aus München." Die beiden lächelten erleichtert. „Wien", sagten sie dann. Gudrun bewunderte, wie geschickt Annika darin war, die erste Befangenheit wegzulächeln und das Gespräch am Laufen zu halten. Sie staunte wieder, wie primitiv dieses Spiel zu sein schien, als Annika bei der zweiten Runde Drinks einfach frage: „Ihr seid hier auch allein unterwegs?" „Ja, eine Männerwoche", gaben die beiden bereitwillig Auskunft. „Unsere Damen sind derweil in Ungarn wellnessen und lassen es sich dort sicher gut gehen." Was immer das hieß, rätselte Gudrun, aber in der Übersetzung schien ihr das nicht viel mehr zu heißen als „wollt ihr auch ficken? - ja klar." Sie war jetzt nur gespannt, wie Annika die Vorlage verwerten würde. Die Gefahr war ja immer, dass Männer sich von zu viel weiblicher Direktheit abschrecken ließen.

„Ist ja auch eine entzückende Location hier, mit all den einsamen Stränden und verborgenen Plätzchen", sagte Annika, die sich jetzt in ihrem Sessel räkelte und fast obszön zur Schau stellte. Die beiden sahen einander kurz an, dann antwortete Herbert: „Ja, und die geilsten sind oberhalb der Klippen ganz am Ende des Weststrandes. Wart ihr da schon mal?" „Gudrun? - Ich denke nicht, das ist uns noch verborgen geblieben." Gudrun lächelte. „Sagt mir jetzt auch nichts, klingt aber interessant." Primitiv konnte sie auch sein, so. Zu ihrem Erstaunen funktionierte das. „Wenn ihr wollt, können wir es euch zeigen. Ist halt so 20 Minuten Spaziergang von hier.“ Gudrun begann an dem Spiel Spaß zu haben. „Was meinst du Annika, wir haben nichts anders vor, sind wir da dabei?“ Annikas blitzende Augen gaben ihr ein „High five“ zu verstehen. „Ja warum nicht?“, sagte sie recht beiläufig. „Na dann gebt uns noch 10 Minuten“, sagte Franz, „wir müssen noch kurz zu unserem Wohnwagen.“ Er winkte dem Kellner. „Alles zusammen“, sagte er. Dass sie jetzt nicht widersprechen durften, wäre Gudrun auch ohne Annikas warnenden Blick klar gewesen.

„Okay, wir warten da vorne auf euch.“ - „Bis gleich.“

„So, das rennt jetzt von allein“, konstatierte Annika nüchtern, als die beiden Frauen an der niedrigen Kaimauer standen und ins Meer blickten. So viel hatte Gudrun allerdings auch verstanden. „Geht das immer so einfach und so primitiv?“, frage sie dennoch. „Es gibt kein immer, Gudrun. Es gibt nur einmalige Situationen und Sachen, die man probieren kann. Die beiden sind nett, geil und haben Gelegenheit. Nette sind immer irgendwie gehemmt, da geht es so am einfachsten.“ Gudrun nickte, es war nicht sonderlich schwierig zu verstehen, man musste es sich nur einmal überlegt haben.

Als die beiden wiederkamen, hatte einer von ihnen eine Strandtasche mit, aus der recht deutlich erkennbar große Liegetücher herausragten. Gudrun und Annika tauschten amüsierte Blicke aus. Sie folgten den beiden über den langen, spärlich besiedelten Strand auf einen steinigen Pfad, der die Klippen hinauf führte. Vorbei an ein paar windgebeugten Pinien, dann wieder ein Stück abwärts, bis sie in einer windgeschützten Kuhle im Felsen standen. Die beiden staunten nicht schlecht, dass hier mitten in der verlassenen Landschaft ein breites Bett mit einem Himmel und einigermaßen intakten Vorhängen rundherum stand. „Na, haben wir euch zu viel versprochen?“, fragten die beiden. Eine Weile blickten sie zu viert über das Meer und die Brandung, die weit unter ihnen gegen die Klippen toste.

Gudrun verschluckte sich beinah vor unterdrücktem Lachen, als sie Annikas „Und, müssen wir jetzt Flaschen drehen, oder geht's so auch?" hörte. „Nein, aus dem Alter sind wir wohl alle schon heraus", antwortete Herbert. „Na dann breitet mal aus, was ihr zufällig mithabt", sagte jetzt Gudrun. Die beiden Männer lachten befreit. „Rein zufällig", sagte Franz, während Herbert schon versuchte, das große Tuch im wehenden Wind auf dem Bett zu fixieren. Die beiden Frauen sahen eine Weile amüsiert zu, bevor sie die Sache übernahmen. Bald hatten sie die Tücher unter die Matratze eingeschlagen und so fixiert. „So, wo bleibt ihr denn?", fragte jetzt Gudrun keck. Sie hatte sich bereits auf das Bett gekniet, sah Herbert – sie hatte ihn sich bereits ausgesucht – genau in die Augen und zog sich ihr kurzes Kleid über den Kopf. Annika nahm derweil Franz ins Visier. Gudrun mochte die Geste, als Einladung die Handflächen nach oben zu drehen. Herbert hatte seine Shorts auch bereits abgestreift und kam ihm Kniestand auf sie zu. Er legte seine Fingerkuppen sachte auf die ihren, was herrlich prickelte. „Frag nicht, ich kann's kaum mehr erwarten", sagte Gudrun leise. Offenheit hatte mit so netten Kerlen etwas unglaublich Befreiendes, fand sie in diesem Augenblick.

Petras Geschichte

„Möchtest du mir vielleicht auch einmal über dich erzählen?" Petra und Frank hatten nach dem Mittagessen eine Weile nebeneinander gedöst, Petra schreckte momentan aus ihrem Tagtraum auf. Sie sah ihn eine Weile an. „Du bist sicher, dass du sie hören möchtest, auch wenn es vielleicht nicht das ist, was du erwartest?" Frank antwortete nicht, doch er nahm Petras Hand sachte in die seine, fuhr mit seinem Finger zärtlich über die Stelle, an der man immer noch die Spuren eines wohl lange getragenen Ringes sehen konnte. Petra verstand, es würde sich wohl nicht vermeiden lassen.

„Ja, ich bin verheiratet", begann sie recht unvermittelt. Petra fühlte sich ein wenig überfordert damit, das ganze irgendwie logisch erscheinen zu lassen. Sie wartete eine Weile, doch von Frank kam keine erkennbare Reaktion. Gut, offenbar hatte er den Ringabdruck schon länger entdeckt. „Mein Mann ist sehr viel älter als ich", fuhr sie fort. Sie rang um Worte. „Du wirst mich vielleicht nicht verstehen, aber ich habe nach der Schule mit Mühe eine Bürolehre absolviert, und das einzige, was ich mir von dort mitgenommen habe ist, dass ich mir nicht vorstellen kann, einen wesentlichen Teil meines Lebens in einem Büro zu verbringen."

Frank hörte ihr einfach zu. „Vielleicht bin ich ein wenig aus der Zeit gefallen, aber für mich war und ist die Ehe als Versorgung gut lebbar", sagte sie schließlich. Sie schwieg eine Weile. „Du arbeitest also nicht?", fragte Frank nach, für den so ein Lebensmodell weit außerhalb seiner eigenen Erfahrungswelt lag. Er stammte aus einer einfachen Familie, seine Mutter und auch seine beiden Großmütter waren immer berufstätig gewesen. Petra schüttelte den Kopf. Frank brauchte also eine Weile, das zu verdauen. „Und ... versteh mich nicht falsch, ich frage das, weil ich es mir nicht vorstellen kann: Was tust du da den ganzen Tag?" Petra lächelte. „Diese Frage stellt mir jeder. Die Antwort ist zweierlei: Zum einen tue ich tatsächlich einiges, bin im Reitverein engagiert, beim Roten Kreuz, und ich male auch ein wenig. Aber." Sie schwieg eine Weile. „Ich halte es auch gut aus, einfach nichts zu tun und mit mir selbst allein zu sein. Ich habe nie verstanden, warum so viele Menschen davor Angst zu haben scheinen, dass ihnen einmal zwei Stunden lang niemand anschafft, was sie tun müssen."

In dieser Konsequenz hatte sich Frank das tatsächlich auch noch nie überlegt. Schule, Bundeswehr, Fachhochschule, parallel die Firmengründung mit seinem Bruder. Programmieren, Kundentermine, ein paar Wochen Urlaub als Ausnahme im Hamsterrad, oft hatte er auch im Urlaub gearbeitet. Doch all diese Gedanken wurden plötzlich verdrängt von der einen Frage, die sich immer drängender in sein Bewusstsein schob. „Ich verstehe. Aber …" Sie sah ihn an. „Du willst wissen, was ich dann hier tue und warum mit dir?"

Eine Weile herrschte Schweigen zwischen den beiden. Petra ließ ihm Zeit, sie konnte gut nachfühlen, wie die Neugier mit der Angst vor der Antwort, die er vielleicht schon ahnte, in ihm im Wettstreit lagen. „Ja", sagte er schließlich. „Ja, ich will es wissen." Petra holte tief Luft. „Also gut. Beginnen wir vielleicht damit, dass sich mein Mann sehr wenig für Sexualität interessiert, schon gar nicht für Frauen. Wir haben in unserer Ehe vielleicht zwei-, dreimal miteinander geschlafen." Sie wartete, doch Frank hörte ruhig zu. „Wir lassen einander jede Freiheit. Ich muss mich vor ihm weder dafür verstecken noch rechtfertigen, dass ich hier bin." Frank nickte, doch er spürte, dass da noch etwas war. „Das ist alles?", fragte er. Sie biss sich auf den Lippen herum. „Nein, das ist nicht alles, jetzt kommt der schwierige Teil." Sie holte noch einmal tief Luft. „Wir haben vor einiger Zeit beschlossen, dass wir ein Kind möchten. Eigentlich bin ich hier, weil wir es vermeiden wollten, den Vater zu kennen."

Es brauchte ein paar Minuten, bis sich die beiden aus der Sprachlosigkeit wieder lösten. Es war Frank, der die Sache dann auf den Punkt brachte. „Und jetzt haben wir uns zusammengefunden, und es komme nur ich in Frage, was?" Er schwieg. „Und nach der ersten Nacht konntest du mich nicht mehr gut vorher fragen und wusstest nicht, ob und wie du es mir sagen solltest." Petra antwortete nicht, sie schmiegte sich stattdessen eng an ihn. Dass das nicht so ganz stimmte, sie war ja nach der ersten Nacht in Lars Armen erwacht, hielt sie momentan für keinen wesentlichen Diskussionsbeitrag.

Er ließ sie gewähren, hielt sie sanft. Die Geschichte war verrückt, aber so verrückt nun auch wieder nicht. Wäre ihr nicht diese Verliebtheit in die Quere gekommen, hätte sie die Sache glatt durchziehen können. Er fand das jedenfalls viel logischer als die Idee von künstlicher Befruchtung, für die manche viel Geld bezahlten. Ihn beschäftigte mehr der Gedanke, ob er dieses zauberhafte Mädchen nach Ende dieser Woche würde wiedersehen können. Doch er wusste, dass es darauf momentan keine Antwort gab. Stattdessen schubste er sie zärtlich auf ihren Rücken. „Ich will dich jetzt lieben"; sagte er leise zu ihr, „und mir dabei vorstellen, dass es gerade jetzt passiert."

Chambre 5

Als Gudrun und Annika schließlich einigermaßen erschöpft, aber vollkommen befriedigt zum Château zurückkamen, hatte Annika das starke Gefühl, dass Gudrun jetzt nicht allein sein wollte und noch reden musste. „Bestellen wir uns noch einen Happen auf dein Zimmer?", fragte sie daher einfach. Gudrun lächelte sie dankbar an. Gudrun wartete diesmal angezogen, bis der Zimmerkellner alles gebracht hatte, während Annika schon in die Dusche vorgegangen war. Als schließlich auch sie selbst aus dem Badezimmer kam, hatte diese ein großes Handtuch über einen der Lehnstühle gebreitet und fläzte nackt, aber vollkommen ungeniert in diesem herum. Ein letztes Mal meldete sich Gudruns mütterlicher Instinkt zu Wort, ihre Tochter wegen dieses allzu argen Verstoßes gegen gutes Benehmen zurechtzuweisen. Doch Halt – dieses Verhältnis hatten sie doch gerade begraben. Außerdem: Wie konnte sie logisch erklären, dass sie nicht gemeinsam nackt hier im Zimmer sitzen konnten, wo sie sich doch vor nicht einmal einer Stunde Hand in Hand nebeneinander von Orgasmus zu Orgasmus hatten ficken lassen?

Gudrun wickelte sich also einfach wieder aus dem Badetuch aus, das sie sich um den Leib geschlungen hatte, breitete es auf den zweiten Lehnstuhl und tat es ihrer Tochter einfach gleich. Kurz noch meldete sich ihr eigenes Über-ich zu Wort und wies darauf hin, dass angenehme Gefühle keine ausreichende Ausrede für Stilmängel und schlechtes Benehmen seien. Gudrun hörte einfach nicht hin. Stattdessen griff sie nach dem Glas frischer Zitronenlimonade, das ihr Annika bereits hingestellt hatte.

„Flaschendrehen", eröffnete sie schließlich das Gespräch. Annika mampfte gerade an einem Lachsbrötchen, es dauerte eine Weile, bis sie antworten konnte. Sie kicherte. „Cooler Zug, nicht wahr, wenn man zu mehrt ist und keine Lust mehr auf Krampferei hat. Mir ist das vor Jahren mal wo rausgerutscht und war dort ein durchschlagender Erfolg. Und wenn es passt so wie heute …" Auch wenn sich Gudrun redlich bemühte: Langsam wurde das alles ein wenig viel für sie, sie wollte sich nicht vorstellen, wie oft oder regelmäßig Annika in solche Gelegenheiten kam. Doch sie wollte den Neubeginn zwischen ihnen beiden nicht gleich aufs Spiel setzen, also griff sie stattdessen nach einem Roastbeef-Brötchen und spülte es mit einem weiteren großen Schluck Limonade hinunter. „Und wie hat es sich für dich angefühlt? Ich fand den Mix aus der Location und den beiden charmanten Wienern unglaublich geil."

Gudrun wurde sich in diesem Augenblick bewusst, dass sie über keinerlei gewohnte Sprache verfügte, sich über sexuelle Erlebnisse auszudrücken. „Weißt du, Annika, ich fand das heutige Erlebnis sehr intensiv, aber es fällt mir schwer, darüber zu sprechen." Sie schwieg eine Weile. „Irgendwie hat sich nie die Gelegenheit dazu ergeben. Ich bin als Jungfrau in die Ehe mit deinem Vater gegangen, nach seinem Tod habe ich immer allein gelebt, sieht man von den paar Wochen ab, die Tarek in jenem Jahr bei mir zu Gast war. Über meine Affären habe ich nie mit jemandem gesprochen, ich hatte auch nie das Bedürfnis danach. Als ihr beide klein wart, kam es sowieso nicht in Betracht, mit euch darüber zu sprechen, und – naja – später …"

„Im Grunde geht es uns da ganz ähnlich", sagte Annika. „Auch ich habe nach Tarek niemanden mehr an mich heranlassen. Erst im Wortsinn nicht, und dann später, auf der Uni …" Sie unterbrach und nahm einen großen Bissen von einem Käsebrötchen. „Später dann an die Uni traf ich Claudia. Sie zeigte mir, wie einfach man sich als Frau ein großes Stück vom Kuchen namens Leben abschneiden kann, ohne sich selbst dabei zu involvieren oder gar zu verletzen, wenn man sich nichts um Konventionen und Moral pfeift." Gudrun hatte zwar insgeheim ihre Zweifel, ob das mit dem Verletzen so ganz stimmte, aber sie verstand gut, was Annika meinte. Hatte sie sich nicht auch bewusst dafür entschieden, Annikas Einladung zu folgen, die beiden Schwestern auf diesen Urlaub zu begleiten? Und, was noch schwerer wog: Funktionierte es nicht über die Maßen gut?

„Und was ist mit Lars? Wenn ich dir da ernstlich ins Gehege gekommen bin, dann tut es mir ehrlich leid, aber ich nahm nicht an …" Annika lachte erst laut auf, doch dann wurde sie nachdenklich. „Ich weiß es nicht, Gudrun", sagte sie schließlich. „Ich denke, das wird sich erst herausstellen, wenn ich ihn in Deutschland wieder einmal treffe." Oha, touché, dachte Gudrun, sie hatte nicht gewusst, dass Annika das überhaupt in Erwägung zog. Nun, sie würde sich den Rest der Woche zurückhalten, was Lars betraf.

Sie wollte Annika antworten, doch da war die plötzlich in ihrem Sessel vollkommen entspannt eingeschlafen. Gudrun betrachtete sie eine Weile. Sie widerstand der Versuchung, ihr über ihr weich fallendes blondes Haar, ihr fein geschnittenes Gesicht zu streichen, das ihr Vater wesentlich mit geprägt hatte, ein junger Aristokrat, der leider kurz nach Annikas Geburt bei 200 km/h in seinem Sportwagen ums Leben gekommen war. Sie ging stattdessen zu ihrem Bett und versenkte sich in das Buch, einen komplexen philosophischen Roman, das sie sich seit Urlaubsbeginn zu lesen vorgenommen hatte.

Donnerstag

Annika und Yvonne

„Guten Morgen Yvonne. Entschuldige erst mal bitte, dass ich hier so unangemeldet auftauche." Annika war auf gut Glück zum Wohnwagen Tareks und Yvonnes aufgebrochen in der Hoffnung, sie alleine anzutreffen. Es schien funktioniert zu haben, Tarek war nirgendwo zu sehen. Yvonne blickte von ihrem Buch auf. Der Morgen war kühl, sie trug noch ein schlichtes Kleid.

„Guten Morgen Annika. Möchtest du Kaffee?" Annika wollte eigentlich nur reden, doch sie wollte nicht unhöflich erscheinen. „Danke gern." Zu ihrer Erleichterung schenkte ihnen Yvonne nur aus einer fertigen Kanne ein, die bereits auf dem Tisch stand. Sie setzten sich beide, Annika trank einen Schluck. „Du siehst aus, als ob du etwas auf dem Herzen hättest. Also schieß los." Yvonne lächelte die jüngere selbstsicher an. „Tja, also …" stammelte Annika und holte noch einmal tief Luft. „Yvonne, ich weiß, ich habe kein Recht dazu, aber ich möchte dich bitten, mir ein wenig Zeit mit Tarek zuzugestehen. Es ist da etwas zwischen uns, was wir schon viel zu lange nicht ausgeredet haben."

Yvonne sah Annika eine Weile nachdenklich an. Sie wusste natürlich längst genau, worum es ging, aber das wollte sie Annika noch nicht wissen lassen. „Du hast jedes Recht, das zu verlangen, Annika, und ich habe keinerlei Grund, es dir zu verwehren." Yvonne konnte in diesem Augenblick leicht hinter Annikas Fassade blicken, dorthin, wo all ihre Ängste, ihre Unsicherheit wohl verborgen waren. Sie griff nach ihren Zigaretten, bot Annika auch eine an. Die nahm sie dankbar, auch wenn sie sie nur paffte. „Danke, Yvonne, wie …" Yvonne hob ihre

Hand, gebot Annika zu schweigen. „Wenn man sich, so wie es bei Tarek der Fall ist, auf einen fertigen, reifen Menschen einlässt, dann bekommt man den genau so, wie er ist, mitsamt seiner Vergangenheit, seinen Erfolgen, seinen Verletzungen. Bisweilen kommen all diese Dinge an die Oberfläche, man weiß nie, wann genau. Es wäre töricht, sich dem entgegenzustellen." Sie nahm einen tiefen Zug von ihrer Zigarette, entschied sich plötzlich doch für volle Offenheit. „Ihr beide habt eine Sache abzuschließen. Tut das bitte, und tut es so, wie es für euch richtig und notwendig ist. Wenn ihr dazu miteinander schlafen müsst, macht das bitte, er braucht mich dazu ohnehin nicht um Erlaubnis zu fragen. Wenn es dir recht ist, werde ich das heute Abend arrangieren. Oui?" Annika war momentan erschlagen von so viel Direktheit. „Aber ...", stammelte sie. „Was aber? Ob ich nicht Angst habe, ihn zu verlieren?" Yvonne schaute sie fast spöttisch an. „Diese Angst ist entweder grundlos oder sinnlos. Genauso, wie sich in seinem Verhalten von ihr leiten zu lassen. Also, bist du einverstanden?" „Ja, danke, Yvonne", konnte Annika nur stammeln. „Na dann, bis heute Abend, genieße deinen Tag, und lass auch du dich nicht von deiner Angst auffressen."

Männergespräch

„Na das ist ja eine Pistole." Es war zehn Uhr, die beiden Jungs saßen allein vor ihrem Zelt beim Frühstück, Frank hatte Lars über seine Erkenntnisse des gestrigen Tages berichtet. „Dass die ein bisschen – anders – ist, war ja klar, aber mit so einer Geschichte hätte ich dann doch nicht gerechnet."

„Ich auch nicht." Die beiden waren schon von Kaffee zu Bier und Zigaretten übergegangen. „Und wie geht es dir jetzt bei der Sache?", fragte Lars schließlich. „Irgendwie ein geiles Gefühl", antwortete der andere. „Und dann wieder auch nicht. Ich weiß nicht, was ich davon halten soll, aber ich mag sie genauso wie vorher." Lars verstand das, wer wollte sich schon eingestehen, benutzt und hintergangen worden zu sein. Je nachdem, wie streng man das ganze halt sah. Genau genommen hatte er auch weder Annika noch Gudrun nach Verhütung gefragt, von daher …

„Ich hoffe halt nur für dich, dass dich das nicht eines Tages einholt. Klar, solange die mit diesem Typen zusammen ist, gibt es kein Problem, aber was, wenn einmal nicht mehr?" Frank schaute seinen Bruder irritiert an, darüber hatte er sich noch gar keine Gedanken gemacht. „Wenn der das Kind einmal als seines anerkannt hat, kann sie doch nicht …" Lars hob abwehrend die Hände. „Ich kenne mich da zu wenig aus, hoffen wir mal, dass du recht behältst."

„Wie geht es dir eigentlich mit Annika", fragte Frank zurück. Lars seufzte. „Eine tolle Frau, aber soweit erkennbar, liebt sie nur eine Person, nämlich sich selber. Du kannst, wenn es ihr gerade passt, ihren Körper haben, und der ist auch einsame Oberklasse, aber das war es dann auch schon. Die hat schon beinahe Panik vor irgend einer Bindung." „Naja, wenigstens kommst du auch auf deine Rechnung. Und der Frau Mama scheinst du ja auch nicht übel gefallen zu haben." Lars fragte sich, woher das jetzt wieder alle Welt wusste. „Ja, geiler Fick", sagte er schließlich. „Ist alt genug zu wissen, was sie tut." Die beiden schwiegen wieder eine Weile.

„Was ist das eigentlich heute Abend? Annika hat mich ins Château eingeladen, irgendwas von einer Yvonne und einem – was war gleich der Name von dem Kerl – war die Rede?" „Ah, Petra hat hier auf dem Platz rein per Zufall ihren Vater und seine Freundin getroffen. Er heißt Tarek oder so. Petra hat mich auch gebeten, sie zu begleiten." „Ah so." Lars schien dem ganzen wenig Bedeutung zuzumessen. „Und gehen wir hin?" Lars zündete sich eine neue Zigarette an. „Nachdem die einzig geilen Frauen, die wir bis jetzt an Land gezogen haben, auch dort sind – ja ich denke schon, dass ich gehen werde. Du bist ja sowieso immer dort, wo deine Flamme ist." Frank schwieg und griff ebenfalls nach einer neuen Zigarette.

„Hast du eigentlich in der ersten Nacht auch mit Petra?", frage er schließlich. Lars, der mit seinen Gedanken schon ganz woanders war, sah ihn eine Weile mit schreckgeweiteten Augen an. „Keine Ahnung mehr", sagte er schließlich. „Du warst in der Früh jedenfalls dicht an Annika geschmiegt, aber was heißt das schon?" Beide setzten ihre Bierdosen an, leerten sie mit ein paar tiefen Schlucken. „Ach, ohnehin nicht mehr zu ändern, malen wir mal den Teufel nicht an die Wand. Noch eins?" Er deutete auf die leeren Dosen, Frank nickte nur. Als Lars mit den beiden frischen Rollen zurück aus dem Zelt kam, hatte er auch die Blechschachtel in der Hand. Eine halbe Stunde später fühlten sich die beiden wieder leicht und unbeschwert.

Schwestern

Fünf Uhr Nachmittag. Annika und Petra schlossen die Türe hinter sich und warfen sich so, wie sie waren, erst mal auf das frisch bezogene Bett des Zimmer 9 im Château. Die beiden hatten nach 5 Tagen Camping das Zelt und das Sanitärhaus satt und hatten sich für die letzte Nacht kurzerhand ein weiteres Zimmer gemietet. Sie hatten das Notwendige an Kleidung und Toilettezeug in einen kleinen Koffer gepackt und waren soeben hier eingezogen. Bis zum Dinner war noch mehr als zwei Stunden Zeit, es sollte um halb Acht beginnen.

„Außerdem kann es sein, dass ich heute Abend einen Rückzugsraum brauche", platzte Annika schließlich den wahren Grund für das Zimmer heraus. „Ah, Madame haben Pläne für den Abend? Lässt du mich einfaches Mädchen auch daran Anteil haben, bevor du mich wieder ins Zelt schickst?" Annika erschrak, es war nicht in ihrer Absicht gelegen, dass das so hinüberkam.

„Aber nein", sagte sie schließlich. „Aber ich habe heute Abend eine Aussprache mit Tarek. Die alten Geschichten endlich mal bereinigen. Und da weiß man ja nie, wie das ausgeht." „Ah." Petra wurde aufmerksam, sie war damals zu jung gewesen mitzubekommen, um was es eigentlich ging, und seitdem auf eine Mauer von Schweigen gestoßen. „Also okay, ich verzieh mich mit Frank wo anders hin, aber nur, wenn du mir endlich mal erzählst, wobei es bei der ganzen Nummer eigentlich ging. Oder geht." Annika zuckte innerlich mit den Schultern. „Du erinnerst dich, ich war grad 16 oder so, als Tarek ein paar Wochen bei uns wohnte. Gudrun wollte ihn offenbar irgendwie an sich binden, aber er hat sich stattdessen in mich verliebt und mir meine Unschuld geraubt. Gudrun hat ihn rausgeworfen und ihn offenbar vorher gezwungen, mir noch ein paar Hässlichkeiten zu sagen, bevor sie mich in dieses grässliche Pensionat steckte. So, jetzt weißt du es."

Petra konnte nur den Kopf schütteln. So banal war die Sache, und so viel Wasser hatte Gudrun darum gemacht? „Seit wann weißt du das alles?" „Gestern", sagte Annika. „Ich habe Gudrun endlich dazu gebracht, darüber zu sprechen." „Und jetzt willst du Tarek noch vögeln, und dann ist alles wieder gut?", fragte Petra, und es kam ihr ein wenig spöttischer von den Lippen, als sie das beabsichtigt hatte. Annika warf zornig ein Kissen nach ihr. „Blödfrau", antwortete sie. „Aber ausschließen kann ich auch nichts, drum." „Und wegen der Spinne, die du heute Morgen auf deiner Matratze gesehen hast?" Dieser Spott war jetzt beabsichtigt. „So, ich gehe jetzt zuerst duschen, und ich setze das Bad unter Wasser. Wirst schon sehen, was du von deiner Garstigkeit hast." Damit stand Annika auf, zog sich achtlos aus, ließ alles auf den Boden fallen, verschwand im Bad und knallte mit der Türe. Petra kicherte ihr nach, dann drehte sie sich um. Annika würde kaum unter einer Stunde fertig, sein da konnte sie noch ein bisschen für den Abend vorschlafen.

Auf der Terrasse

Das Dinner verlief in erwartetem Rahmen. Da sich nicht alle gleich gut kannten, begann es ein wenig steif und reserviert, doch bei der Hauptspeise war dann das Eis schon gebrochen. Yvonne, Gudrun und auch Annika waren zudem hervorragende Gesellschafterinnen, die immer wieder Impulse für die Tischgespräche lieferten und nicht müde wurden, auch die weniger extrovertierten wie Petra, aber auch Lars in die Unterhaltung einzubinden.

Es ging schließlich schon auf 10 Uhr, als das letzte Dessert gegessen, der letzte Wein und der letzte Kaffee ausgetrunken waren und die Stimmung mehr und mehr von der Frage beherrscht war, wie es jetzt weitergehen würde. Yvonne löste das schließlich einfach durch entwaffnende Offenheit aus: „So meine Lieben", sagte sie, „ich danke euch allen, dass ihr mir die Gelegenheit gegeben habt, euch kennenzulernen, und natürlich auch euch selbst, euch untereinander auszutauschen. Aber es ist für einige der letzte Abend hier auf dem Platz, und ich glaube, einige von euch haben noch Pläne dafür. Frank und Petra müssen wohl noch einmal so richtig Abschied nehmen, Tarek und Annika haben noch etwas auszureden, und Gudrun und ich haben beschlossen, dass wir den letzten Abend nützen werden, gemeinsam noch einmal einen so richtig draufzumachen. Bleibt Lars: möchtest du dich allein umsehen, oder dürfen wir dich einladen, dich uns anzuschließen?" Er hasste es, dass in diesem Augenblick alle Augen auf ihn gerichtet waren, doch er sagte dann gelassen: „Das ist sehr nett von euch, aber ich denke, ich möchte ein Weilchen für mich sein. Ich kann warten, bis die richtige so weit ist." Als er den lüsternen Blick Annikas auffing, wusste er: Er hatte sich nicht verschätzt.

Bevor sich die Gesellschaft auflöste, zupfte Petra ihre Mutter noch am Ärmel: „Du, können wir heute Nacht dein Zimmer haben?" Gudrun schaute ein wenig irritiert, doch Yvonne kam

Petra zu Hilfe: „Wir werden kaum vor 10 Uhr morgens zurück sein, und ihr reist morgen ab. Gudrun, ich denke …" Gudrun fragte sich in diesem Augenblick, was Yvonne genau vorhatte, doch sie drückte ihrem Kind ihre Zimmerkarte in die Hand Das reichlich doppeldeutige „Aber kleine Sauerei machen" löste bei Petra nur mehr ein kindisches Kichern aus. „Danke, Mami." Damit war sie weg.

Chambre 9

Tarek und Annika standen unversehens und ein wenig verloren allein in dem Zimmer, das Annika am Nachmittag angemietet hatte. Annika wusste plötzlich auch nicht mehr so genau, warum sie noch am Tag zuvor diese Begegnung für so unausweichlich wichtig gehalten hatte. Sie lebte im Hier und Jetzt, die Sache mit ihrer Mutter war bereinigt, welchen Berührpunkt hatte sie noch mit diesem Mann, der vor fast zehn Jahren kurz ihr erster Liebhaber gewesen war?

Einem Impuls folgend, öffnete sie das große französische Fenster, das zwar auf keine Terrasse, aber doch auf einen ansehnlichen Balkon mit schmiedeeisernem Gitter führte und auf dem sich ein Tischchen mit Steinplatte und zwei filigrane eiserne Stühle befanden. Sie hatte plötzlich das Gefühl gehabt, in dem geschlossenen Raum keine Luft mehr zu bekommen. Viel besser so.

„Was hat dir denn Gudrun jetzt erzählt, was hat sich für dich verändert?" Tarek nahm eine der dunklen, würzigen Zigaretten, die er mitgebracht hatte, bot auch Annika eine an. Sie griff abwesend danach, nahm kaum bewusst zur Kenntnis, dass er ihr Feuer gab. „Über das Ende. Ich möchte von dir hören, wie das Ende wirklich war, bevor du Hals über Kopf abgereist bist." Tarek blickte eine Zeitlang über das Geländer in die Ferne, als läge dort die Antwort auf Annikas Frage. Seine Züge waren schmerzverzerrt. „Dich anzulügen. Das war das schwerste, dir in die Augen zu sehen und dabei zu lügen." „Und warum hast du es getan?" Annikas Stimme war ruhig und klar.

„Ich habe keine Entschuldigung dafür. Nichts, auch nicht das, was mir deine Mutter androhte, hätten mich dazu bringen dürfen, unaufrichtig bezüglich meiner Gefühle zu sein. So schwierig die Situation war, ich hätte sie dir ehrlich erklären müssen." „Und was hättest du mir da gesagt, Tarek? Sag es einfach jetzt." Yvonne hatte versucht, Tarek ein wenig auf das schwierige Gespräch vorzubereiten, hatte ihn darauf aufmerksam gemacht, dass diese Frage kommen würde. Er hatte den ganzen Nachmittag darüber nachgedacht.

„Ich hätte dir sagen müssen, dass Aufrichtigkeit eines Gefühles nicht immer ausreichend dafür ist, eine Liebe auch leben zu können. Ich hätte dich daran erinnern können, dass auch du Verantwortung dafür trägst, zielstrebig auf eine eigenständige Zukunft hinzuarbeiten. Dass Durchbrennen eine zwar sehr romantische, aber wenig praktikable Art ist, den gordischen Knoten namens Leben zu durchschlagen. Ich hätte dir vielleicht auch zu bedenken geben können, dass das, worauf wir uns eingelassen haben, die Gefühle deiner Mutter verletzt hat, ob zu Recht oder nicht. Aber ich hätte dich nie in den Glauben bringen dürfen, ich hätte dich nicht aufrichtig geliebt, mit dir nur gespielt oder dich gar ausgenützt. Das war im Rückblick unverzeihlich, weil das nicht stimmte."

„Hast du damals eigentlich die Beziehung zu mir in irgend einer Weise problematisch gesehen?" „Das ist eine Frage des Blickwinkels, Annika. Moralisch nein, praktisch hätte sie erhebliche Probleme mit sich gebracht, von denen die Gefährdung deines Bildungsweges das schwerwiegendste war." Annika schwieg eine Weile, sie versuchte sich zurückzuerinnern. Sie konnte sich aus heutiger Perspektive nicht vorstellen, dass das ein sonderliches Problem gewesen wäre. Aber sie erinnerte sich nur mehr verwaschen, wie sie als Teenager darüber gedacht hatte. „Ich kann mich nicht mehr erinnern", sagte sie daher schlicht. „Bitte sei jetzt ehrlich zu mir. Hast du das damals als relevantes Problem gesehen?" Tarek brauchte eine Weile für seine Antwort. „Ja, wenn ich ehrlich zu mir war, doch ich zweifle, ob ich allein die Stärke gehabt hätte, danach auch zu handeln. Deswegen brich bitte nicht den Stab über deine Mutter, sie hat auch, wenngleich nicht nur, diesen Aspekt sehr deutlich gesehen."

Annika sagte lange nichts. Sie versuchte das Gehörte mit dem, was ihre Mutter ihr gesagt hatte, mit ihrer eigenen Erinnerung in Übereinstimmung zu bringen. Es gelang ihr nur teilweise. Aber es verfestigte sich in ihr das Bild, dass beide, ihre Mutter und Tarek, nicht nur aus niederen Motiven gehandelt hatten, sondern lediglich zu schwach gewesen waren, ihre eigene Betroffenheit von der echten Sorge um sie, Annika, sauber trennen zu können. Vor allem die Sache mit dem Internat: Das hatte ihrer Mutter wohl keinen Vorteil gebracht, wenn man es an egoistischen Motiven maß.

Tarek holte noch einmal tief Luft. „Ich habe dich um Verzeihung zu bitten, Annika, aber das bezieht sich nur auf die Lügen, die ich dir gegenüber gebraucht habe. Die Entscheidung, zu diesem Zeitpunkt zu gehen, war auch aus heutiger Sicht richtig, ich hätte es nur nicht so machen dürfen. Da stehe ich nun und kann nicht anders", endete er das, was wohl eine Art Schlussplädoyer sein sollte, mit dem berühmten Luther-Zitat.

Annika sah ihn. „Ja, ich kann das gut annehmen, Tarek. Lassen wir die alte Geschichte ruhen, ich denke, ich habe verstanden, was es zu verstehen gibt, und akzeptiert, wie es mein Leben beeinflusst hat." Sie stand auf und reichte ihm die Hand, er nahm sie. Die Art, wie er sie dabei ansah, machte sie allerdings schaudern. „Tarek, es ist das, und das meine ich aufrichtig, aber es ist nicht mehr als das. Wenn ich dich jetzt bitte zu gehen, dann vertraue ich darauf, dass du das verstehen und respektieren kannst. Bei manchen Dingen gibt es keinen zweiten Versuch."

Er wandte sich ab, die Spannung des Augenblicks war verflogen. Tareks Augen waren ein wenig traurig, als er schließlich sagte. „Ja, du hast recht. Ich vertraue darauf, dass du es richtig verstehst, wenn ich jetzt rasch gehe." Sie sah ihm wortlos nach, bis sich die Türe des Zimmers hinter ihm schloss.

Annika brauchte eine Weile, bis sie sich wieder gefangen und ein wenig eingependelt hatte. Sie starrte eine Weile unentschlossen auf ihr Mobiltelefon. Schließlich kam sie zu einem Entschluss. Nein, sie würde sich nicht hinter getippten Buchstaben verstecken, sie drückte die grüne Taste neben einem Namen, den sie erst gestern eingespeichert hatte. „Lars?" Kurze Pause. „Bist du noch wach?" Wieder kurze Pause. „Ich bitte dich, noch zu mir zu kommen. Ja, Zimmer 9 im Château."

Es dauerte eine Viertelstunde, bis er an ihrer Zimmertüre klopfte. Doch sie schliefen erst im Morgengrauen erschöpft, aber glücklich, eng aneinander geschmiegt ein.

Im Club

„Was hast du jetzt genau vor?", fragte Gudrun, als sich die beiden auf den Weg zur Rezeption machten, um ein Taxi zu bestellen. Yvonne antwortete nicht gleich, bat den Rezeptionisten erst, ihnen einen Wagen zu bestellen. „Lass dich überraschen. Aber wir gehen sicher nicht einfach auf Aufriss auf der Touristenmeile, das ist uns wohl beiden zu tief." Gudrun, die zwar immer noch keine rechte Idee hatte, was das werden sollte, war Yvonne zumindest für diesen Satz dankbar. Sie bekam bereits bei der Vorstellung Kreuzweh, als sie sich an das eine Mal zurückerinnerte, wo sie bei Sonnenaufgang in einem der am Strand abgestellten Tretboote aufgewacht war. Sie hatte es schon damals besser gefunden, keine Erinnerung mehr an den dafür verantwortlichen Schwanz zu haben, und ihre Meinung zu dieser Episode seitdem nicht geändert.

Schließlich saßen sie im Wagen. Yvonne reichte dem Fahrer eine Karte mit einer Adresse. „Mais ça coûtera 100 euros." Yvonne kramte in ihrer Tasche und reichte ihm eine grüne Banknote. „S'il vous plaît, partez." „D'accord madame et merci beaucoup." Als Gudrun in ihrer Tasche zu kramen begann, legte ihr Yvonne die Hand auf den Arm. „Du bist heute Abend mein Gast. Ich weiß und danke Gott dafür, dass es bei dir ebenso wenig Rolle spielt wie bei mir, aber ich freue mich einfach, euch kennengelernt zu haben, und erlaube mir bitte jetzt, unsere Nacht zu bestreiten." Gudrun lächelte, so konnte sie das schon nehmen. „Okay, aber was haben wir eigentlich vor?"

Yvonne setzte ein geheimnisvolles Lächeln auf. „Ein privater Club. Tarek und ich sind Mitglied in einem ziemlich exklusiven Kreis von lebensfrohen Menschen. Swingen ist ein Teil dessen, was den Kreis ausmacht, aber es ist keine primitive Rudelbums-Angelegenheit. Einfach kultivierte Menschen, die in den Club gehen, um andere kultivierte Menschen zu treffen, und wenn es passt, auch mehr. Wir werden ein privates Schlafzimmer haben und morgen frühstücken können. Und was die Praxis anbelangt ..." Yvonne grinste. „Du kannst entweder die Nacht bei guter Musik und guten Gesprächen genießen, oder dir das Hirn rausvögeln lassen, oder irgendwas dazwischen. Und keine Angst wegen Französisch: Die Menschen dort sprechen jedenfalls alle Englisch, viele auch Deutsch und noch andere Sprachen." Gudrun musste lächeln.

Eine Weile saßen die beiden schweigend nebeneinander und blickten auf die malerische Landschaft, die langsam im Dunkel versank. „Darf ich neugierig sein und fragen, was du eigentlich beruflich machst, Yvonne?" Diese schreckte aus ihrem Dämmerschlaf auf. „Klar, ist kein Geheimnis, wenngleich nicht so leicht zu erklären. Gelernt habe ich Dolmetscherin für Arabisch. Aber ich bin nur freiberuflich tätig, mache alles mögliche. Natürlich Übersetzungen, auch aus Deutsch, Englisch und Spanisch, synchron Dolmetschen, wenn sich die Gelegenheit ergibt, ich bin aber auch Fotojournalistin, Buchautorin, und wenn es mal eng wird, kann ich auch nützliche Dinge wie Buchhaltung. Bis jetzt hat das zusammen für ein gutes Leben locker gereicht." Gudrun schmunzelte, es brauchte wohl eine Lebenskünstlerin wie Yvonne, um Tareks Einstellung zu Mühe und Arbeit zu ertragen, die der seiner Tochter sehr ähnlich war. „Und du?" „Leitende Redakteurin bei einem der großen Münchner Blätter. Ist okay, aber ich komme vor lauter Administration immer weniger zum eigentlichen Schreiben." „Das Schicksal aller, die in einer Anstellung das, was sie gelernt haben, zu gut machen. Man macht sie zu Führungskräften." Wie wahr, dachte Gudrun.

Als der Wagen vor einem geschlossenen Eisentor hielt, reichte Gudrun dem Chauffeur eine andere Karte. „Lorsqu'on vous le demande, dites simplement le code." Der Mann stieg aus, es schien zu funktionieren, das Tor öffnete sich wie durch Geisterhand. Als der Wagen schließlich auf einer Wagenauffahrt eines stattlichen Schlosses hielt, drückte Yvonne dem Fahrer noch einen Zehner in die Hand. „Merci beaucoup", antwortete der und beeilte sich, den Damen den Wagenschlag zu öffnen.

„Yvonne, c'est mon invité Gudrun, on s'est annoncé." Der dunkelhäutige livrierte Mann, der sie empfangen hatte, murmelte ein „Bienvenue mesdames" und geleitete sie zu einer Art Rezeption. „Madame Yvonne avec invité." Eine junge Frau schenkte ihnen ein Lächeln. „Parlez-vous allemand ou anglais? Gudrun est allemand." „Gern, Madam, ich bin Carola und aus Frankfurt. Sie teilen sich ein Zimmer, ist das korrekt?" „Ja danke." „Nummer 11. Ich kann Sie gerne hinführen, wenn Sie sich erst frisch machen wollen." „Ja danke, das wäre reizend. Und haben Sie zwei Zimmerkarten, wir werden vielleicht getrennt unterwegs sein." „Ja sicher, kein Problem."

Das Zimmer war einfach, aber geschmackvoll. „Danke, wir kommen zurecht", sagte Yvonne beiläufig zu dem Mädchen. „Gern, wenn Sie etwas brauchen …" damit war sie verschwunden. „Diese Zimmer sind nur als Rückzugsort gedacht. Zum Vögeln gibt es genug anderes." Die beiden Betten waren auseinander geschoben, Gudrun war dankbar dafür, sie hasste es, mit Fremden in einem Doppelbett zu schlafen. Naja, meistens halt, dachte sie. „Aber jetzt komm, ich stelle dich einmal ein paar Leuten vor, der Rest ergibt sich dann schon." Ergibt sich, aha. Gudrun musste an ihr Abenteuer mit Annika denken.

Chambre 5

Petra war sich zu diesem Zeitpunkt zwar schon sicher, dass ihr Plan zumindest in diesem Urlaub nicht aufgegangen war. Morgen würde sich ihre Periode einstellen, so gut kannte sie ihren Körper. Eine Woche zu früh, warum auch immer.

Die beiden Seelenverwandten hatten mittlerweile so eine Art kontinuierlichen Flow entwickelt, der aus dösen, kuscheln, langsamen Ficks bestand, unterbrochen gelegentlich von essen und trinken. Petra hütete sich, Frank von der Erfolglosigkeit seines Unterfangens zu informieren, denn er war immer noch von dem Gedanken euphorisiert, sie vielleicht gerade dieses Mal zu schwängern, was ihn zu immer neuen Aufwallungen seiner Manneskraft trieb. Dem außenstehenden Beobachter, hätte es einen solchen gegeben, wäre wohl das redensartliche „als ob es kein Morgen gäbe" in den Sinn gekommen.

Irgendwann schliefen die beiden dann für die Nacht ein und erwachten erst, als Annikas Nachricht sie jäh aus ihren Träumen riss. „Frühstück, packen, Abreise." Pfft, machte Petra, wehrte aber Franks „aber einmal geht es noch" ab und machte, dass sie zur Toilette kam.

Freitag

Im Club

Als die beiden Frauen dann schließlich in Zimmer 11 erwachten, war es bereits halb 10. Ja, dachte Gudrun, es hat sich ergeben, die Erinnerung trieb ihr ein wenig die Schamesröte ins Gesicht, aber der Morgen danach fühlte sich herrlich an. Kurz dachte sie an die Abreise, doch eine Nachricht von Annika beruhigte sie. „Es reicht, wenn du um 12 da bist. Viel Spaß, ob noch, ob gehabt zu haben. A." Sie streckte dem Mobiltelefon die Zunge heraus. „Was ist?", fragte Yvonne. „Nichts, die Kinder haben mir Dispens bis Mittag gegeben, sind wohl auch nicht aus den Betten gekommen und müssen das Zeltzeug erst verstauen." Gudrun zeigte Yvonne die Nachricht. „Deine Annika, die ist schon richtig. Na da werden die zwei Jungs wohl ran müssen, das werden deine Töchter doch wohl zusammenbringen." Gudrun musste kichern und an den ersten Tag denken.

„Dann mal in die Dusche und frühstücken. Und um 11 sollten wir dann aufbrechen, da ist noch reichlich Zeit." Gudrun gewöhnte sich gern daran, dass Yvonne das Denken und das Praktische übernahm, sie genoss einfach die Zeit und die viele Aufmerksamkeit, die sie in der Nacht erfahren hatte.

Frauengespräch

„Danke Lars, das wäre reizend." Es mochte halb 10 Uhr sein, die beiden lagen nach der unvermeidlichen morgendlichen Abschiedsrunde noch etwas erschöpft und übernachtig auf dem Bett. Lars hatte ihr gerade angeboten, sich mit seinem Bruder um die Zeltsachen zu kümmern.

„Der Wagen steht hier beim Château auf dem Parkplatz." Sie blickte sich um, versuchte eine Vorstellung zu entwickeln, wo in ihrem Chaos der Schlüssel sein konnte. Schließlich sah sie ihn auf der Anrichte unter dem großen Spiegel liegen, sie deutete unbestimmt in diese Richtung. Lars nickte. „Das schwierigere wird sein, meinen Bruder zu finden und loszueisen. Welche Zimmernummer haben die?" „Fünf, was ich weiß."

Ein paar Minuten später war Lars weg, Annika blickte kurz vom Balkon auf die Terrasse, Sehr zu ihrer Überraschung war Petra schon auf und beim Frühstück, Frank saß neben ihr. Sie winkte ihrer Schwester und machte dann, dass sie in die Dusche kam. Als sie schließlich beim Frühstückstisch auftauchte, war Petra bereits allein. „Sind sie schon gefahren?" „Ja, wie immer du das eingefädelt hast." Annika grinste, dafür würde wohl immer sie zuständig bleiben. Sie winkte dem Kellner um Kaffee und frische Croissants.

„Wie geht es eigentlich deinem Vorhaben, Schwesterherz?" Annika schmierte sich gerade dick Butter auf ein Croissant und biss herzhaft ab. „Vom roten Meer hinweggespült", antwortete Petra nüchtern und nahm einen großen Schluck Kaffee. „Eine Woche zu früh", konstatierte Annika ebenso nüchtern. „Tja, eine Frau ist halt kein Uhrwerk."

„Aber ich sage dir was, Annika: Ich bin nicht böse, dass es so gekommen ist. Wenn ich es mir recht überlege, kann ich mir überhaupt noch nicht vorstellen, Mutter zu werden." Das konnte Annika allerdings sehr gut verstehen, sie konnte sich das schon nicht für sich selber, aber noch weniger für Petra vorstellen. „Und wie bringst du das deinem Joachim bei?" Petra zuckte mit den Schultern. „Gar nicht, schätze ich. Klappt halt nicht. Wie soll der herausfinden, ob ich verhüte oder nicht?"

Annika hatte es aufgegeben, diese merkwürdige Ehebeziehung verstehen zu wollen. Die Strategie des Ausweichens war typisch Petra, sie konnte so etwas endlos durchhalten. Aber dass er das nicht durchschaute? - Ach was, nicht ihr Problem. Ihr Mobiltelefon piepte. „Mama"; sagte sie zu Petra, die neugierig herüberschaute. „Wie lang, denkst du, werden die beiden noch brauchen?" „Zwei Stunden schon", meinte Petra. Annika tippte, drückte auf „senden" und zeigte die Nachricht dann Petra „Gemein, ohne dass man es fassen kann. So wie immer halt bei dir", stellte sie fest. „Noch Kaffee, für das Durcheinander in den Zimmern brauchen wir keine halbe Stunde, oder?"

Männergespräch

Lars parkte nach kurzer Fahrt den Wagen neben dem Zelt der Mädchen. „Das war da alles drin, das geht da wieder rein", konstatierte er, als er Franks übernachtigen und einigermaßen verzweifelten Blick sah. „Schritt eins, mal alles raus aus der Hütte", ordnete Lars an.

Bald hatten sie das verbliebene Inventar auf dem Rasen vor dem Zelt versammelt. Ein wenig Schwierigkeiten machte das überall verstreute Gewand der Mädchen, doch Lars fand schließlich noch einen Koffer, in den sie kurzerhand alles hineinwarfen. „Das müssen sie sich dann daheim selber auseinanderklauben", meinte er nur lakonisch, als er sich auf den Koffer setzte und mit Mühe die Schlösser einrasten ließ.

Sie arbeiteten stumm und konzentriert daran, das riesige Zelt abzubauen und zusammenzufalten, schließlich hatten sie es wieder in seine Tasche gestopft. Matratzen auslassen und zusammenrollen, das restliche Inventar machte weniger Schwierigkeiten, das meiste ließ sich flach zusammenfalten. Kurz nach halb zwölf hatten sie es geschafft.

„Zigarette und Bier?", fragte Lars. Sie setzten sich wieder einmal gemeinsam auf die beiden Stühle vor ihrem Zelt und blickten ein wenig wehmütig auf die leere Parzelle. „Geile Woche", sagte Lars schließlich. „Und Vater werd ich auch nicht, Petra war so fair, mir das heute früh noch zu sagen." Lars fühlte auch selbst die Erleichterung bei dieser Nachricht. „Besser so, vielleicht überlegt sie sich diese durchgeknallte Idee noch mal.

Wirst du sie wiedersehen?" Frank schwieg. „Wenn sie es will",
antwortete er vorsichtig. „Die Frage ist, was du willst. Man
kann auch einmal selber nein sagen."

Frank schaute seinen Bruder irritiert an. „Und abschauen kann
man sich das genau von – wem?", fragte er süffisant zurück.
„Ich finde Annika geil und stehe dazu. Ich werde sie auf jeden
Fall anrufen." „Und was ist da jetzt anders als bei mir?" Lars
trank den Rest seines Bieres aus. „Dass ich mich dafür entschieden habe, es zu wollen. Die Einstellung." Frank zuckte
nur mit den Schultern, er hielt das für eine Spitzfindigkeit.

„Komm, wir müssen fahren. Die Damen haben heute noch einiges an Strecke vor sich."

Abschied

Um halb eins hatten sie es schließlich geschafft, alles zu packen und in den Kombi zu verstauen. Gudrun war dankbar,
wenn auch skeptisch, dass die Mädchen auch ihre Sachen
schon gepackt hatten, doch sie hatte gern noch die Gelegenheit
genützt, einen schnellen Kaffee zu trinken, bevor sie bei Pierre
vorbeischaute, sich auch von ihm verabschiedete und die ge-
samte Rechnung beglich. Es genügte ihr, dass Annika immerhin ein paar Minuten nach ihr auch an der Rezeption auftauchte. Dass Petra sich um solche Sachen nicht kümmerte, waren
sie beide schon gewohnt. „Schon erledigt, Große", sagte sie nur
lächelnd zu ihr. Yvonnes Bemerkung kam ihr wieder in den
Sinn – es spielte bei ihnen beiden nun wirklich keine Rolle.
Doch das „Danke, Mami" und der Kuss, den ihr Annika gab,
wärmten ihr dennoch das Herz. Sie fühlte genau, wie es gemeint war.

Auch Yvonne und Tarek waren zum Schloss gekommen, um
von den dreien Abschied zu nehmen. Es gab nicht mehr viel zu
sagen, Telefonnummern hatte man ja schon lange ausgetauscht,
an Zusicherungen, wer wann wo gern wiedersehen würde, war

kein Mangel Tarek schloss noch ein letztes Mal Petra in die
Arme. Die beiden waren sich sehr ähnlich, sie brauchten nicht
viel zu reden, es genügte ihnen, zu spüren. Gudrun hatte es
übernommen, die erste Etappe zu fahren, die anderen blickten
dem Wagen nach, bis er nach dem Schranken hinter einer Kur-
ve verschwand.

Die beiden Brüder verabschiedeten sich von Tarek und Yvonne
und schlenderten den Berg hinauf zurück zu ihrer Parzelle. Als
sie dort ankamen, stand ein knallgelber Campingbus auf dem
Nebenplatz. „Bleiben wir dabei, dass wir morgen abreisen?",
fragte Frank. Lars lächelte, „Wart erst mal, wer mit dem hier
gekommen ist."

Doch leider, das Leben ist kein Groschenroman. Es war nur ein
älteres Ehepaar aus Oberösterreich und mit einem anderen Paar
hergekommen, das ein paar Parzellen weiter stand.

Yvonne und Tarek

Schließlich kamen Yvonne und Tarek an ihrem Wohnwagen
an. Yvonne war ja mit Gudrun im Taxi angekommen, es war
das erste Mal, dass sich das Paar nach der Nacht wieder ungestört sah. „Machst du uns noch Kaffee?", fragte sie ihn und
setzte sich derweil auf einen der Stühle an dem kleinen Tisch
vor ihrem Wohnwagen. Es dauerte ein paar Minuten, bis Tarek
mit der Kanne und zwei Bechern so weit war, sie blinzelte derweil müßig in die heiße Mittagssonne. Er setzte sich zu ihr.

Sie betrachtete ihn eine Weile liebevoll. „Und, alles klar mit
Annika?", fragte sie schließlich. „Ja, wir haben uns ausgespro-
chen und unseren Frieden gemacht." „Mit oder ohne Friedens-
pfeife?", konnte Yvonne der Versuchung nicht widerstehen
nachzufragen. Tarek blickte sie eine Weile an. „Ohne", sagte er
dann. Yvonnes Blick wechselte von beiläufig auf interessiert.
„Wir fanden beide, dass es gut ist, unseren Frieden gemacht zu
haben, aber es war nicht mehr als das." Yvonne hätte das auch

so gesehen, aber die Wirkung von Alkohol und Sentimentalität war oft schwer einzuschätzen. „Besser so", sagte sie.

„Außerdem, Annika musste die Nacht sicher auch so nicht allein verbringen." Yvonne schmunzelte. „Und du?", fragte sie weiter. Tarek setzte sein spitzbübisches Lächeln auf. „Ich habe auf der Terrasse noch einen Cognac getrunken, es dauerte keine halbe Stunde, bis Lars auftauchte." Er machte eine kleine Pause, nahm einen Schluck vom Kaffee. „Ich war dann noch unten am Hafen an der Bar, dort traf ich ein Pärchen, sie keine 20, er vielleicht in meinem Alter. Es brauchte uns beide und zwei Stunden, um sie zufriedenzustellen. Und bei dir?"

Yvonne schenkte ihm ein bezauberndes Lächeln. „Ich hab mich erst darum gekümmert, dass Gudrun auf ihre Rechnung kommt. Es waren drei Kenianer dort, ich brauchte weder da noch dort besonders viel Überredungskunst. Sie ist erst um 6 Uhr oder so ins Bett gekommen. Also – zum Schlafen." „Ja, auf deutsche Frauen wirkt das oft unwiderstehlich, weil es für sie nicht so alltäglich ist", nickte Tarek. Er wartete ab. „Ich habe dann mit Francois geplaudert. Du erinnerst dich vielleicht an ihn. Nach zwei Flaschen hervorragendem Bordeaux und subtilster Hirnwichserei hatten wir dann beide keine Lust mehr, uns die Nacht mit einem besoffenen Fick zu verderben."

Tarek sah Yvonne mit diesem Blick an, den sie an ihm so liebte und der sie augenblicklich schaudern machte. „Kann jetzt ich noch irgend etwas für dich tun?", fragte er. „Hast du dich nicht zu sehr an der 20-jährigen Nymphomanin verausgabt, mein Lieber?", fragte sie neckisch zurück. „Für dich ist immer noch was da", antwortete er stand auf und nahm sie zärtlich in den Arm. „Und ich hätte dir die Geschichte schon fast geglaubt", gab sie zurück, küsste ihn auf den Mund und ließ sich von ihm in den Wohnwagen ziehen.

Epilog

Die große Versöhnung zwischen Annika und Tarek mochte zwar für die beiden wichtig gewesen sein, blieb jedoch ohne besondere Auswirkung. Die beiden trafen einander nur, wenn es familiären Anlass gab, und hatten sonst wenig Berührpunkte.

Petra traf sich noch zwei- oder dreimal mit Frank, doch der Zauber der Woche mit ihrer Illusion war dahin. Frank wollte eigentlich eine feste Beziehung, die Petra ihm nicht bieten konnte. Frank fand ein halbes Jahr später, was er gesucht hatte, der Kontakt zu Petra riss ab.

Gudrun verbuchte den Urlaub schließlich als einmalige Episode, als spätpubertären Exzess, so wie wenn man in der Fastnacht einmal über die Stränge schlug. Sie kehrte zu ihrem Single-Leben mit gelegentlichen kürzeren oder längeren Affären zurück. Ihr Verhältnis zu Annika entspannte sich allerdings dauerhaft, und so sehr es sie schmerzte, sich das einzugestehen: Es war sie selbst gewesen, die an dem sinnlosen Kräftemessen wesentlichen Anteil gehabt hatte.

Und Annika und Lars? Das, liebe Leserin, geneigter Leser, ist eine Geschichte, die ein andermal erzählt werden soll.

Könnte Ihnen auch gefallen …

Marion Marksmeisje, Hotwife, Cuckold, Kurtisane

BoD 2021, ISBN: 9783754333969

Marion Marksmeisje, Nicht nur für Frauen

BoD 2019, ISBN: 9783735787439

Clifford Chatterley, Anjas Cuckold oder Die sieben Kreise der Unterwerfung

BoD 2020, ISBN: 9783751957113

Clifford Chatterley, 90 Tage Cuckold. Das Tagebuch eines fast keusch Gehaltenen.

BoD 2019, ISBN 9783741272608

Clifford Chatterley, van Sannenfagg Island. Swinger in der Ka-
ribik

BoD 2020, ISBN: 9783752612417 (E-Book)